달빛
조각사

달빛 조각사 34

2012년 2월 24일 초판 1쇄 인쇄
2012년 2월 29일 초판 1쇄 발행

지은이 남희성
발행인 이종주

기획 팀 김명국
책임 편집 이세종

발행처 (주)로크미디어
출판등록 2003년 3월 24일
주소 서울시 용산구 원효로97길 46 5층
Tel (02)3273-5135 Fax (02)3273-5134
홈페이지 rokmedia.com · **E-mail** rokmedia@empal.com

ⓒ 남희성, 2007

값 8,000원

ISBN 978-89-257-2529-1 (34권)
ISBN 978-89-5857-902-1 04810 (세트)

이 책은 (주)로크미디어가 저작권자와의 계약에 따라
발행한 것이므로 본서의 내용을 무단 복제하는 것은
저작권법에 의해 금지되어 있습니다.

작가와의 협의에 의해 인지는 생략합니다.
잘못된 책은 바꾸어 드립니다.

달빛조각사 34

남희성 게임 판타지 소설

로크미디어

차례

노들레의 고난	7
자하브와 이베인 왕비	31
포르투 왕성 전투	61
무너지는 성	101
기적을 만드는 조각술	131
절묘한 배반	157
고요의 사막	191
비를 부르는 자	223
과거의 영웅	267

노들레의 고난

The Legendary
Moonlight Sculptor

"에…고고, 온몸…이 아…프…지 않은… 부…위가… 없구…나."

위드는 아침이 되고 나서야 눈을 떴다.

흑토병으로 인해 온몸이 욱신욱신 쑤시고 여전히 힘이 없었다.

"스…탯 창."

캐릭터 이름 : 노들레	**성향** : 무
레벨 : 37	**직업** : 없음
칭호 : 가문의 상속자	**명성** : 53
생명력 : 69	**마나** : 282

노들레의 고난 **9**

힘 : 19   민첩 : 16   체력 : 23
지혜 : 95   지력 : 77   예술 : 3,153
통솔력 : 5   행운 : 5
공격력 : 3   방어력 : 4
마법 저항 무

상태 : 중증 흑토병으로 인해 죽어 가고 있음.
　　　생명력의 최대치가 13% 정도 줄었습니다.
　　　생명력의 회복 속도가 저하됩니다.
　　　발병 이틀째, 발작 증상이 잦아집니다.

"이러…다…가 정…말 죽겠…군."

현재 위드는 그래도 약간씩 몸을 움직일 수 있을 정도의 체력은 갖췄다. 하지만 치료약을 구하기 위하여 다른 마을로 가거나 숲을 마음껏 돌아다닌다는 건 도저히 무리!

그때 주변에 우거진 수풀들이 위드의 눈에 띄었다.

코볼트의 영역에 들어와서 덤불 안에서 휴식을 취하기 위해 잠들었으니 주변은 수풀들로 가득했다.

'저것들은…….'

약초라고 볼 수는 없는 풀들이 여러 종류였다.

위드의 정신이 땅에 떨어진 돈을 봤을 때만큼이나 맑아졌다.

'노들레도 나와 비슷한 상황에서 죽지 않고 살아났을 테

지. 그렇다면 분명히 방법이 있다.'

절망적인 상황이었지만 노들레도 어떤 수단을 써서든 살았을 것이다.

위드에게는 시간의 모래가 있어서 노들레가 과거에 어떤 행동을 했는지를 알 수 있다. 하지만 지금은 시간의 모래가 필요하지 않았다.

풀들을 보는 순간 노들레가 했을 행동이 그대로 떠올랐던 것이다.

흔하게 보이는 풀과 몇 가지 뿌리들을 조합하면 향토병을 이겨 낼 수 있다.

누구나 만들 수 있는 치료약이 많이 제조되면 주민들이 병마와 싸워서 이겨 낼 수 있으리라.

보로타 가문의 저택 문을 열고 들어가서 봤던 양피지에 적혀 있던 내용!

위드는 떨리는 손으로 양피지를 꺼냈다.

향토병의 종류가 수십 가지나 되었다.

흑토병에 걸리자마자 이 양피지를 떠올리지 못한 이유도 그 때문이었다.

'흑토병. 흑토병…….'

흑토병

 겔튼 왕국의 늪지대에서 주로 발병. 하지만 그곳의 파리나 모기 등이 상당히 먼 곳까지 병의 기운을 옮기기도 함.
 치료를 위해서는 엉겅퀴와 쇠뜨기풀, 쐐기풀, 껄껄이풀, 가시나무의 뿌리가 필요함.
 완전한 치료약은 아니지만 흑토병을 이겨 내는 데 큰 도움이 됨.

이미 숲으로 들어왔기에 근처에서 흑토병을 치료하기 위한 풀들을 구하는 건 어렵지 않았다.
 그것들을 그릇에 몽땅 넣고 갈아서 입에 넣었다.
 띠링!

> -노들레의 비법으로 제조한 흑토병 치료약을 먹었습니다.
> 약효가 몸에 퍼지기까지 시간이 필요합니다.
> 제조가 잘못되었을 시에는 부작용이 발생할 수도 있습니다.

위드는 으슬으슬 떨면서 약효가 시작되기만을 기다렸다.
 '이러다 죽으면 그것도 박복한 탓이겠지. 조각술을 거의 마스터하고 고생 끝에 5개나 되는 비기를 몽땅 찾아냈는데 허무하게 흑토병에 걸려서 죽게 되다니.'
 자꾸만 드는 부정적인 생각!
 초보 시절에 늪지, 춥고 축축한 던전 같은 곳에서 사냥을

하다 보면 병에 걸리기가 쉽다. 그러나 레벨이 높아지면서 힘과 체력이 늘어나다 보면 어지간한 병에는 신경도 쓰지 않게 된다.

레벨이 50을 넘기면 향토병 같은 것쯤은 걸리더라도 목숨이 오갈 정도는 아니었다.

위드는 비바람이 몰아치는 바다에서 며칠간 사투를 벌이더라도 약한 감기 증상과 과로 정도로 버텨 낼 수 있었다.

그런데 조각술 최후의 비기를 얻기 위한 퀘스트를 하는 도중에 고작 흑토병 때문에 생사의 갈림길에 서게 되다니.

노들레의 양피지는 그런 면에서 잡템이나 다를 바가 없었지만 버리지 않고 챙겨 둔 탓에 유용하게 쓰였다.

'나는 장사는 하면 안 돼. 아마 한창 잘나가다가도 온갖 일이 벌어지겠지. 직원이 횡령을 하거나 건물이 무너지고, 재개발을 한다고 권리금도 못 받고 쫓겨난다거나……'

끊임없는 불안감에 떨고 있는 사이 몸의 괴로움이 점점 사라져 갔다.

―몸 상태가 호전되고 있습니다.
생명력과 체력의 최대치가 회복됩니다.
흑토병이 약화됩니다.

"약이… 제…대로 들었구…나."

역시 아프면 푹 자고 약 먹는 이상이 없었다. 그리고 잠시 후, 다시 메시지 창이 울렸다.

띠링!

흑토병 치료 완료
노들레의 비법을 통해 몸을 치료할 수 있었다. 겨우 목숨을 보전하였다고밖에는 말할 수 없으리라.

위드는 일단 살아남은 것에 감사했다.

조각술 최후의 비기 퀘스트의 한 단계를 또 무사히 넘겼다. 하지만 흑토병이 나았다고 해도, 스탯 창을 확인해 보니 여전히 레벨 37의 노들레인 상태였다.

"이제… 어떻게 되…는 거지?"

메시지 창에 또 새로운 퀘스트가 나타났다.

띠링!

힐데른의 구출
포르투의 국왕에게 잡혀간 힐데른.
그녀는 언제 마법 실험의 도구가 되어 죽을지 모른다. 너무 늦기 전에 그녀를 구출해야 하리라.
난이도 : 조각술 최후의 비기 퀘스트
퀘스트 제한 : 남아 있는 시간 알 수 없음.
　　　　　　 힐데른의 사망 시에는 퀘스트 실패.
*주의

노들레의 몸으로 퀘스트를 완료해야 합니다.
조각술은 사용할 수 있습니다.
조각술의 비기를 사용하여 스탯과 레벨이 감소하는 페널티는 원래의 몸으로 돌아가더라도 적용됩니다.
시간의 틀어짐 속에서 조각술의 비기로 만들어 낸 생명체와 정령 등은 정상적인 시간대로 따라가지 못하게 됩니다.

-퀘스트가 부여되었습니다.
 거부할 수 없습니다.

'무슨 좋은 조건은 하나도 없군.'

위드는 간단히 육포로 허기를 때웠다.

몸이 점점 회복되고는 있으니 돌아다니는 코볼트 정도야 문젯거리가 되지는 않는다.

조각술의 비기 중 하나인 조각 검술은 마나를 아껴서 잠깐씩 쓸 수 있었다. 레벨이 400을 넘어갈 때의 위력은 발휘할 수가 없을 테지만, 겁이 많은 코볼트들을 물리치기에는 충분했다.

하지만 포르투의 왕성에 쳐들어가서 힐데른의 역을 하고 있는 서윤을 구출한다는 건 솔직히 자신이 없었다.

"왕성의 내부 구조나 수비 체계도 모르고, 서윤이 탑이라고 하긴 했지만 정확히 어디에 갇히게 될지도 알 수가 없어. 지금은 왕성 출입 허가 자체도 불가능하겠지."

흑토병이 깨끗하게 낫고 체력이 회복되자 이제 혼잣말도 다시 자연스럽게 할 수 있게 되었다.

"그리고 나나 서윤이나, 지금 레벨로는 왕실 기사 1명도 물리칠 수가 없을 텐데."

아무리 기본적인 퀘스트라도, 해결하려면 어느 정도 상식은 있어야 해낼 수 있지 않겠는가!

물론 서윤이 죽기 전까지 왕성의 구조 등을 알아낼 수는 있다 해도, 실제로 침입하여 그녀를 구해 낸다는 건 불가능이었다.

"여기서 포기할까? 그러면 목숨은 챙길 수 있을지도 모르는데."

퀘스트를 포기해 버리면 어쩌면 위드와 서윤의 목숨은 구해서 원래의 시간대로 돌아갈 수 있을지도 모른다.

그것이 현재로써는 가장 현명한 방법일 수도 있다.

조각술 최후의 비기 퀘스트의 난이도란 끔찍하게 높았다. 지금껏 쌓아 올린 수많은 잡다한 스킬과 스탯까지 정작 중요한 때에 활용하지 못한다니 억울한 기분마저 들었다.

"세상에 땀과 노력만큼 정직한 게 없다더니 완전히 새빨간 거짓말이야. 역시, 사회 지도층이나 정치인들은 몽땅 거짓말에 능숙하지!"

화풀이로 남 탓을 하면서 스트레스를 풀었다.

아무래도 어렵겠다는 생각이 들 무렵 시간의 모래가 다시

떠올랐다. 노들레와 힐데른의 이야기가 어떻게 이어졌는지 궁금해진 것이다.

설마 그들도 여기서 좌절하고 끝을 내고 말았을까.

"이제는 써 봐야겠군. 어려운 퀘스트에 시간제한까지 있으니 더 기다릴 수가 없어."

위드는 가죽 주머니에 담긴 시간의 모래를 꺼내서 손에 쥐었다.

"시간의 모래 사용!"

―시간의 모래가 사용됩니다.
시간의 축을 뒤흔들어서 과거의 일을 보여 줍니다.
남은 사용 횟수 2회.

―시간의 모래를 사용하며 아이템에 대한 새로운 정보를 획득하였습니다.

노들레는 보덴 마을 근처에서 치료약을 제조해서 바로 먹었다.

그리고 다음 날 아침이 되자 마을 사람들에게 도움을 청해 보기도 하고 근처의 귀족 성으로 가서 힐데른을 구해 달라고 눈물 섞인 애원도 했다.

"쓸데없는 일을 하는군. 그냥 여자가 죽은 셈치고 포기하는 편이 나을 거네."

"미친놈. 백작 전하께서 한가롭게 너 따위를 만나 주실 것 같으냐?"

"더 듣고 싶지도 않다. 전장에 화살받이로 끌려가기 싫다면 썩 물러가거라!"

마을 사람들은 이야기를 들어는 주었지만 관심이 없었고, 귀족들은 경비병조차도 넘어서지 못해 얼굴도 보지 못했다.

노들레는 도와줄 사람들을 찾았지만 아무도 없었다.

알지도 못하는 인간을 위해 포르투의 국왕에게 항의를 해 줄 귀족이란 당연히 어디에도 없었다.

정의가 무너진 세상!

노들레는 좌절하였지만 일주일이 지날 무렵에 기회가 왔다.

적국 라움 왕국이 포르투 왕국을 침략한 것이다.

포르투의 국왕은 군대를 이끌고 싸우러 출진했다.

그리고 그날 노들레는, 힐데른을 구하기 위하여 시종으로 가장하여 왕성으로 들어가게 되었다.

무사히 힐데른을 구해서 빠져나올 수 있었다면 좋았겠지만, 중간 중간 기사들이 지키고 있어서 그녀가 있는 장소까지 갈 수가 없었다. 또한 라움 왕국과 싸우러 나간 포르투 국왕이 예상치 못한 대패를 당하고 생각보다 일찍 돌아와 버렸다.

라움 왕국에는 어마어마한 실력의 마법사가 있어서, 포르투의 국왕이 사용하는 흑마법이 봉쇄된 것은 물론이고 군대까지도 떼죽음을 당했던 것이다.

 패잔병들을 데리고 간신히 살아 돌아온 포르투 국왕은 왕성에서 수성 준비를 했고, 라움 왕국은 곧바로 진격하여 포위 공격을 개시했다.

 왕성이 무너지고 불타던 날.

 노들레는 힐데른이 있는 곳으로 가기 위하여 치열하게 도망을 다녀야 했다.

 왕실 기사, 왕실 병사도 제대로 처리하지 못하는 그로서는 온 사방의 모든 것이 죽음의 위기였다.

 공성 무기와 마법이 성을 무너뜨리는 난장판의 와중에, 노들레는 바닥을 굴러 가며 위험을 피하기도 하고 무너진 성벽 잔해에 깔리기도 하고 몸에 불이 옮겨붙기도 하면서 처절하게 전진을 해 나갔다.

 "아, 정말 처절한 개고생이구나."

 위드는 감탄했다. 그리고 반성도 했다.

 "내가 재수가 없는 편이고, 자주 죽을 위기에 처하고 고생을 많이 한다고 생각했는데 아니었어."

노들레에 비하면 도서관 직원이나 지방 공무원이라고 해도 될 정도로 평범한 인생을 살아온 셈 쳐야 하지 않을까.

 영상을 보면서, 마치 액션과 스릴러를 섞어 놓은 아슬아슬한 영화를 수십 편은 감상한 듯한 기분이었다.

 꼭 주인공이 죽을 수밖에 없을 것만 같은 상황인데도 어떻게든 기어이 살아난다. 적어도 열일곱 번 이상 목숨이 넘어가기 직전의 위기를 넘기고 감옥의 열쇠를 구해 힐데른이 있는 탑의 문까지 도착을 하며 영상은 끝났다.

 "감동적이군. 문제는 내가 노들레의 입장에서 이 퀘스트를 해결해야 한다는 건데."

 위드는 엄두가 안 났다.

 노들레의 행동을 통해 왕성의 지리를 파악할 수 있었고, 서윤이 갇히게 될 탑도 알아냈다.

 포르투의 왕성은 이 시대에 존재했던 난공불락의 요새 중 한 곳으로 꼽힌다. 그만큼 험하고 수비가 철저하며 천혜의 요새였다.

 나약한 몸으로 이제 조그마한 실수라도 범한다면 퀘스트는 실패하고 말리라.

 사실 노들레가 살아서 탑까지 도착한 건 기적이라고 봐도 될 정도였다. 절대 불가능할 것 같은데 아등바등 어찌어찌 도착을 한 것이다.

 거기다 영상에서 힐데른을 만나기는 했지만, 그녀를 데리

고 포르투의 왕성에서 탈출하는 건 완전히 다른 문제다.

만나기는 만났더라도, 무너지는 성에서의 탈출은 그때까지보다 훨씬 어려울 게 분명했다.

"근본적인 다른 문제도 있어."

위드는 노들레가 아니었다.

과거의 일들이 되풀이되는 가운데 작은 오차라도 생긴다면 엉뚱한 상황이 벌어지게 될 수 있다.

노들레를 따라 하더라도 과거의 모든 일들이 그대로 다시 일어나리란 법이 없는 것이다.

노들레가 있을 때에는 무너지지 않았던 천장이 위드가 통과할 때는 폭삭 무너질 수도 있고, 마주친 왕실 기사들의 행동이 달라질 수도 있다.

시간을 매번 정확하게 맞춰서 행동한다는 건 현실적으로 불가능하다.

영상으로 본 내용을 참고할 수는 있지만, 그대로 똑같이 이루어지지 않을 가능성이 훨씬 크다는 의미!

"알고도 대처를 한다는 게 쉽지 않겠군. 그보다 시간의 모래에 대한 새로운 정보를 얻었다고 했는데. 감정!"

시간의 모래
2회 사용 가능.
시간의 모래, 혹은 회상의 모래라고도 불리는 신비한 물건이다.

> 대륙 남부 사막 부족의 보물로서, 시간을 되돌려 오래전에 있었던 모습들을 보여 준다.
> 원래 살던 시간대로 돌아가서 물건이나 사람을 데려올 수 있다.
> 소유하고 있는 것만으로도 과거의 시간과 엮이기도 함.

아이템의 정보가 조금 추가되었다.

"물건이나 사람을 데려온다면… 음."

위드는 현재로써는 이 퀘스트를 그 혼자 깬다는 게 도무지 가능성이 없다고 여겼다. 지금까지 그도 숱한 어려움을 극복해 왔지만, 그래도 시도를 해 볼 수 있을 만큼의, 약간의 희망 정도는 있어야 할 게 아닌가.

"아무리 잘 대처하더라도 승산이 적어. 시간의 모래를 쓰는 수밖에 없겠군. 시간의 모래 사용!"

> -시간의 모래가 사용됩니다.
> 시간의 축을 뒤흔들어서 과거의 일을 보여 주거나 원래의 시간대로 돌아가서 물건이나 사람을 데려올 수 있습니다.
> 어느 쪽으로 사용을 하시겠습니까?

노들레가 힐데른을 구출하고 어떻게 하였는지를 보면 도움이 되리라.

하지만 그보다는 근본적인 전력 상승이 필요했다.

"원래의 시간대로 돌아간다."

> －베르사 대륙의 시간의 축을 바꾸어 원래의 시간대로 돌아갑니다.
> 필요한 물건이나 사람을 데려올 수 있습니다.
> 남은 사용 횟수 1회.
> 　제한 : 데려올 수 있는 사람은 1명, 물건은 직접 소지할 수 있는 것으로 제한됨.
> 　　　 사흘 내로 돌아와야 합니다. 그러지 않으면 시간의 균열이 합쳐져 지금의 시간대로 영영 오지 못할 수도 있습니다.

시간의 모래가 가죽 주머니에서 하나씩 솟구쳐 올라서 공중으로 뿌려졌다.

잠시 후에는, 여전히 숲이었지만 풀과 나무 들이 자라 있는 모습이 완전히 달라져 있었다.

'원래의 시간대로 돌아온 모양이군.'

숲을 걸어서 나가는데 유저들과 마주쳤다.

"아, 코볼트 무기 세트 모으기 너무 힘드네."

"벌써 일곱 번이나 사냥 나왔는데 이번에도 안되면 그냥 포기하자."

"강철 무기들로 상점에서 새로 사는 편이 훨씬 낫다고 내가 진작 말했잖아."

파티 사냥을 하는지 4명의 유저들이 티격태격 다투며 걸어오고 있었다.

"그래도 안 돼. 돈 많이 모아서 던전 입장 요금 내야 한단 말이야."

"칸톨 던전에 가려고?"

"응. 우리 레벨대에는 거기 들어가는 게 최고라니까."
칸톨 던전은 라살 왕국의 초보들에게 인기가 있었다.
'여기가 아마 하벤 제국의 땅이었지.'
하벤 제국이 영토 확장을 하여 위드가 있는 숲도 그들의 영토에 속했다.
"안녕하세요."
"예, 안녕하세요."
"사냥하러 가시는 길이면 같이하실래요?"
"아뇨. 이제 도시로 가는 길입니다."
"좋은 하루 되시길."
"네. 사냥 즐겁게 하세요."
위드는 그들과 가벼운 인사를 나누며 지나쳤다.
물론 코볼트 사냥터에서 마주친 사람이 전쟁의 신 위드라고는 그 누구도 생각할 수 없으리라.
'딱 1명이라면 정말 도움이 될 만한 사람으로 결정해야겠군.'
위드는 유린에게 귓속말을 보냈다.
-동생아, 오늘 저녁에 피자나 시켜 줄까?
-알았어. 기다려.
눈치 빠른 유린이라서 무슨 말을 하려고 하는지 설명하지 않아도 되었다. 그림 이동술로 부려 먹으려고 한다는 사실을 바로 알아차린 것이다.

"후후후, 던전 사냥이라. 어렵지 않지!"

페일은 활을 꺼내 들고 조용히 지하 구덩이 아래로 내려갔다.

오늘을 위하여 특별히 마판에게 고강도 화살도 주문했다.

강철 화살보다 무려 20배나 비싸지만 관통력이나 정확도, 사정거리에서는 비교도 안 되는 물건이다.

"개당 15골드나 된다고요? 화살이 너무 비싼데요."

"말 그대로 고강도라서 그렇습니다. 이 화살을 만들 수 있는 대장장이가 아직 몇 명 안 돼요. 바쁜 일이 있다는데 주문 제작을 부탁하느라 혼났어요. 마판 상회가 아니었다면 물건 구경하기도 힘들었을걸요."

"아무리 그래도……."

"우리가 남입니까? 페일 님이니까 저도 땅 파서 장사하는 셈치고 파는 건데……. 구입이 어려우시다면 어쩔 수 없이 도로 가져갈게요."

"그래도 일부러 가져오셨는데요."

"뭐, 화살 2,000발, 제가 억지로 팔려고 하는 것도 아니고, 손해 조금 보면 되죠."

"그렇게 많이는 필요 없었는데……. 제가 사겠습니다."

"전부 구입하신다면 1골드씩 깎아 드리겠습니다."

그렇게 구매한 화살 2,000개!

뭔가 뒤통수를 얻어맞은 기분이었지만 그래도 페일은 마판이 설마 그럴 리가 없다는 확고한 믿음을 가지고 있었다. 자고로 돈거래는 가까운 사람을 주의하라고 하였지만 그렇게까지는 생각하지 못하고 필요한 물건을 추가 주문까지 해 두었다.

하지만 대상인이 된 마판이 두툼한 뱃살을 출렁거리면서 기뻐할 때의 표정이 잊히지가 않았다.

"레벨이 올라도 돈에는 항상 쪼들리는군."

그래도 이번 퀘스트만 성공시키면 괜찮을 것이다.

니플하임 제국!

과거의 화려했던 영광에 비해 이제는 그 흔적만이 북부에 남아 있을 뿐이다. 주민들까지 완벽히 아르펜 왕국에 복속되고 있으니 니플하임 제국의 재건은 불가능해지고 말았다.

페일은 퀘스트에 대한 정보를 모으던 중에, 니플하임의 궁수가 맹렬한 바람을 일으키는 활을 쏘았다는 이야기를 들었다. 그리하여 스킬을 얻기 위한 퀘스트를 진행하는 것이다.

"에고, 번개 치는 계곡이라. 혼자 가기는 무서운데."

수르카는 번개의 저항력을 올려 주는 옷과 장신구 등을 미리 구했다.

어떤 퀘스트를 하든 철저한 준비가 우선!

그녀는 권사 길드에서 특별한 의뢰를 받았다.

"요즘 들어 자네의 이름이 자주 들리더군. 권사로서 자부심을 느끼네. 번개 치는 계곡에서 보름달이 뜰 때마다 어떤 몬스터가 나타난다는데… 그놈을 잡을 수만 있다면 대단할 텐데 맡길 사람이 없어서 말이야. 보상으로는 충격 전달의 장갑을 주도록 하지."

장비를 얻을 수 있는 의뢰였다.

로뮤나도 화염 마법 스킬을 올리기 위한 수련을 한다며 깊은 산으로 들어갔다.

"산에 가면 심심할 텐데. 몬스터가 보이면 맨날 방화하고 다 태워 죽여야지!"

이리엔은 도시에서 축복과 치료로 사람들을 보살피는 성직 봉사를 했다.

이제 그녀의 레벨과 신앙심도 높아졌으니 교단 내에 지위를 얻기 위해서였다.

교단 내에서 지위가 오르게 되면 추가적인 신앙심을 얻는 건 물론이고 그녀만을 위하여 파견된 성기사가 항상 뒤를 따르며 보호해 주게 된다.

위드가 퀘스트를 진행하는 사이에 다른 동료들도 이렇게 계속 발전하고 있었다.

다만 페일과 수르카는 직업 마스터 퀘스트에 도전을 할 수 있음에도 불구하고 진행하지 않았다.

다른 사람들이 마스터 퀘스트를 하는 걸 보니 장난이 아니었다. 게다가 마스터 퀘스트에 도전을 할 수는 있는 실력이지만, 막상 스킬의 마스터까지는 멀었으니 뒤로 미룬 것이다.

나중에 마스터 퀘스트를 완료한 사람들이 나오고 나면 훨씬 수월하게 할 수 있기 때문이다.

그리고 화령. 어디에서도 매력을 뽐내는 그녀는 모라타의 음악과 춤에 푹 빠져서 신곡 작업 중이었다.

"로열 로드를 주제로 한 음반. 모험과 전투, 도시의 느낌을 곡에 담고 싶어요."

"꼭 그렇게 해야 되겠어?"

프로듀서들은 골치가 아팠다.

화령은 앨범의 상당 곡을 자작곡으로 채울 수 있는 실력이지만 그럼에도 기존의 음반들과는 느낌이 너무 많이 달라졌다.

"네 이미지를 깎아먹는 건 아닐까? 지금까지 잘해 오던 것처럼 남녀 간의 연애나 어떤 감정을 바탕으로 써 보는 건 어때?"

"음악에는 경계가 없잖아요. 로열 로드에도 음악이 있어요. 그리고 몇 곡 정도는 로열 로드에 있는 악기들로 연주해서 넣어 볼 계획이에요. 그러니 최고의 연주자들을 위주로 섭외해 주세요."

벨로트는 최근 <찬란한 재산>이라는 드라마에 여주인공

으로 캐스팅되어서 열연 중이었다.
 착하고 지고지순하며, 가난하지만 구김 없고 예쁜 여자!
 남자들이 좋아할 수밖에 없는 배역이었다.

자하브와 이베인 왕비

유린의 그림 이동술을 통해서 위드가 도착한 장소는 브라이스 고원!

넓고 평탄하지만 매우 높은 위치에 있는 초원이었다. 양 떼와 표범, 불곰 같은 짐승들이 돌아다니고 있었다.

엄폐물이 거의 없고 굳이 이곳까지 찾아와서 사냥을 할 사람은 없기에 유저들은 보이지 않았다.

"여기가 자하브가 은거한 곳이로군."

과거에 자하브를 만난 장소는 10대 금역 중의 한 곳인 그라페스였다. 거기서도 공헌도를 이용하여 쏠쏠하게 부려 먹으며 사냥을 했었다.

자하브의 전투 능력에 대해서는 위드만큼 잘 아는 사람이 없으리라.

'강하지. 그리고 싸울 줄도 알고.'

조각술 마스터이지만 검술의 마스터이기도 하니 두말할 필요가 없다.

"절대 잊을 수가 없는 인물이었어."

한번 부려 먹은 대상은 끝까지 기억을 해 둔다. 물론 나중에 보답을 해 주기 위한 목적은 당연히 아니었다.

'다음에 또 부려 먹을 기회를 만들어 봐야지.'

자하브와 함께 그라페스의 던전들을 휩쓸었던 행복한 기억!

포르투 왕성을 침입할 때에도 자하브가 있다면 매우 큰 도움이 될 것이 틀림없었다.

NPC의 경우에는 공헌도나 친밀도가 아주 높지 않으면 쉽게 따라나서려 하지 않는다. 게다가 NPC의 레벨이 높을수록 어지간한 공헌도에는 꿈쩍도 하지 않는다.

저번 일로 프레야 교단의 공적치도 많이 써 버린 상태라 당분간은 위드라고 해도 알베론을 위험한 일에 끌고 가지는 못하리라.

하지만 위드는 자하브를 부려 먹을 수 있는 확실한 수단을 가지고 있었다.

"조각 소환술!"

위드는 켈베로스를 소환했다.

흑색의 기운을 대지에 뿌리고 다니는, 머리 셋 달린 지옥의 파수꾼!

 켈베로스는 나타나자마자 무시무시하게 포효했다.

 "크어어어엉!"

 "시끄럽고, 이거 냄새나 맡아 봐."

 위드는 과거 자하브의 통나무집에서 얻었던 조각품을 켈베로스의 머리 앞에 가져다 댔다.

 켈베로스가 대체 이게 무슨 짓이냐는 듯이 고개를 들어서 쳐다보았다. 주인이 그를 소환하기에 당연히 어마어마한 마수와 전투를 치르는 줄 알고 잔뜩 기를 세운 채 왔던 것이다.

 "찾을 수 있겠지?"

 "컹컹!"

 "가자, 사냥개!"

 지옥의 파수꾼이라고 해도 개는 개일 뿐!

 켈베로스는 3개의 머리로 킁킁대며 냄새를 맡으며 이동했다.

 위드는 누렁이를 소환하여 타고서 뒤를 따라갔다.

 "음머어어어. 주인, 모습이 바뀌었다."

 "사정이 조금 있었다."

 "역시 나쁜 짓을 많이 하다 보니 벌을 받아서……."

 "시끄러. 그보다 머리가 셋이다 보니 이런 쪽으로 쓸 만하군."

켈베로스는 여러 방향으로 나 있는 콧구멍을 벌름거리며 제대로 냄새를 맡았다. 그라페스에서처럼 자하브를 찾기 위하여 헤맬 필요가 없었다.

브라이스 고원의 짐승들은 켈베로스가 뿜어내는 투기로 인하여 덤벼들 엄두도 내지 못했으니 따라가는 위드로서는 산책하듯 편하기까지 했다.

자하브는 고원의 언덕, 전망 좋은 곳에 통나무집을 지어 놓고 살고 있었다.

"한적한 곳에 나무로 집을 짓고 사는 게 주거 취향인가 보군."

자하브가 정착한 장소는 사람들 사이에서는 알려져 있지 않았다.

그가 검술 마스터라는 사실도 아직까지는 비밀!

만약 유저가 방문해서 친밀도를 올리거나 어떤 의뢰를 완수했다면 광휘의 검술을 습득할 수도 있었으리라.

하지만 현재까지는 찾아온 유저도 없었고, 자하브는 집 앞에서 할 일 없는 사람처럼 평범하게 조각품을 깎고 있었다.

'잘됐군. 무사한 모습을 보니 안심이 돼. 이번에도 확실히 부려 먹어 줄 수가 있을 테니.'

위드는 반가운 티를 내기 위해 누렁이에게서 내려, 굳이 그럴 필요가 없는데도 뛰어갔다.

"자하브 님, 제가 왔습니다!"

"여기까지 손님이 왔군."

자하브는 별로 반가워하지 않았다. 이미 그들 사이의 우호도는 다 떨어진 후였기 때문이다.

"무슨 일로 왔는가."

자하브는 바로 용건부터 물었다.

위드는 대답하기 전에 잠시 그가 만들고 있던 조각품, 아직 얼굴을 만들지 않은 여인의 조각품을 보았다.

아직도 이베인 왕비를 잊지 못하고 있는 것이리라.

'내가 이베인 왕비와 관련이 있는 퀘스트를 빨리 했더라면 왕실 기사 이올린이 죽지 않았겠지. 그랬으면 자하브와 함께 엠비뉴 교단을 박살 내고 로자임 왕국을 구하는 의뢰를 할 수도 있었을 텐데.'

지나간 일이라도 아쉽다.

지금은 엠비뉴 교단이 전 대륙적으로 성행하고 있지만, 어쩌면 그들이 깨어나지 못하게 하고 파괴하는 퀘스트들도 많이 있었으리라.

위드의 경우처럼 초반부터 이어진 연계 퀘스트들에 관련된 이야기들이 진행되었을 수도 있다.

하지만 위드뿐만이 아니라 다른 유저들도 그런 퀘스트는 진행하지 않았다. 오히려 잦은 전쟁과 치안의 악화, 독재 등으로 엠비뉴 교단이 활약하기 좋은 환경만 조성해 주고 말았다.

베르사 대륙에서 벌어지는 수많은 일들은 결국 유저들이

스스로 만들고 가고 있는 중이었다.

위드는 아쉬움을 떨치면서 말했다.

"제가 조금 곤란한 일에 처해 있습니다. 광휘의 검술을 가르쳐 주신 인연을 생각해서라도 좀 도와주시죠."

"나와는 관계없는 일이로군."

"사람의 생명이 달려 있는 일입니다."

"가게."

곧바로 축객령!

위드의 입가에 만족스러운 미소가 맺혔다.

인정이 없고 각박하다고 탓하고 싶진 않았다.

이 정도는 되어야 의지를 꺾고 부려 먹을 만하지 않겠는가.

"잠시 집 근처에서 조각품을 깎아도 되겠습니까?"

"그거야 내가 상관할 바가 아니지. 하지만 밤이 되기 전까지는 떠나 주었으면 좋겠군. 지금은 별 능력도 없어 보이는데, 굳이 내가 검을 들고 쫓아내진 않게 해 주게."

"가지 말라고 해도 때가 되면 갈 겁니다."

물론 그때에는 자하브를 노예처럼 부려 먹게 될 테지만!

위드는 조각 재료로 흙을 이용하기로 했다.

조각사이지만 지금은 힘이 약해서 바위나 나무를 깎기에는 시간이 많이 들어간다.

'어차피 지금 중요한 건 조각품이라기보다는 스킬 그 자체니까. 서두르더라도 되겠지.'

누렁이와 켈베로스를 시켜서 파낸 흙을, 바닥에서부터 올라가면서 빚어 갔다.

작은 발에서부터 종아리, 치마로 이어지는 여성의 몸!

조각술로 자하브를 감동시켜야 하는데 너무나도 건성으로 만드는 것이 눈에 띌 정도였다.

"컹컹! 실망이다, 주인."

"음머어어엉. 어떻게 저런 짓을! 내가 뒷발로 만들어도 그 정도는 아니겠다."

누렁이와 켈베로스조차도 실망했다.

그냥 조각품도 아니고, 옆에 자하브가 만들어 놓은 이베인 왕비의 작품의 구도를 그대로 따라서 한 것이다.

조금 다른 점이 있다면 드레스가 아닌, 시골 처녀들이 입을 만한 허름한 옷이라는 점.

'왕비 시절이 아니라 자하브와 어울렸던 그 모습 그대로……'

이베인 왕비가 아니라 젊은 이베인 아가씨의 형태!

물론 지켜보는 자하브의 눈빛은 싸늘하기 짝이 없었다.

일부러 찾아와서 이베인을 조각한다고 해서 친밀도가 대폭 늘어나거나 하지는 않는다. 어설프게 하다가는 오히려 악감정이 드는 경우도 많다.

물론 위드도 고작 이 정도로 자하브를 부려 먹기 위한 우호도를 얻으려고 했던 건 당연히 아니었다.

조각품은 평작으로 완성!

"음, 잘 만들어졌군."

그러나 위드는 만족스러워했다.

너무 서두른 탓에 20분도 걸리지 않았다. 하지만 일을 빨리했을 뿐, 이베인의 모습은 그대로 간직하고 있었다.

지금까지 조각품을 깎으며 쌓인 경험이 얼마이던가.

'페널티가 심하지만 어쩔 수 없지.'

기적을 일으키는 조각술.

위드는 스스로 창조해 낸 자신만의 스킬을 시전하기로 했다.

"조각 부활술!"

―조각 부활술 스킬을 사용하셨습니다.
로자임 왕국의 현숙한 이베인 왕비. 그녀가 예술의 부름을 받아 이 땅에서 다시 움직이게 될 것입니다.
예술 스탯 45가 영구적으로 사라집니다.
신앙 스탯 10이 영구적으로 줄어듭니다.
레벨이 3 하락합니다.
생명력과 마나가 70씩 소모됩니다.
조각 부활술에 의하여 되살아나는 인물은 생전의 지식과 능력을 가지고 있습니다.
정해진 짧은 시간이나마 세상을 다시 볼 수 있고 움직일 수 있게 해 주는 것에 대해 고마워할 수도 있고, 그렇지 않을 수도 있습니다.

―조각 부활술 스킬의 숙련도가 향상되었습니다.

흙으로 빚은 이베인의 조각품!

조각품에 생기가 어리더니 눈을 깜박이고, 숨을 쉬었다.

고작 하루도 안 되는 시간이지만 이베인이 다시 살아난 것이다.

멍하니 있던 자하브와 이베인은 서로의 눈을 마주 보는 순간 벼락이라도 맞은 듯이 몸을 떨었다.

"자하브······."

"이베인! 이베인, 정말 너야?"

"자하브!"

자하브와 이베인은 격렬하게 서로를 끌어안았다.

사무치는 애정을 얼마나 참아야 했던 두 사람인가.

"자하브, 어떻게 이렇게······."

"아무 말도, 아무 말도 하지 마."

상대방의 떨리는 눈빛만 봐도 수많은 말들이 전해졌다.

가슴이 벅차서 아무 말도 하지 못하더라도, 서로를 안고 눈물을 흘리는 연인들의 모습은 정말 감동적이었다.

"후후후."

그리고 조금 멀리 물러서서 사악하게 웃고 있는 위드!

저 순수하게 기쁨과 행복에 겨워 울고 있는 남자 자하브를 보라. 이 얼마나 흐뭇하기 짝이 없는 광경이란 말인가.

"끝났어. 이로써 마음껏 부려 먹을 수 있는 노예 확정이군."

위드는 사후 서비스에도 소홀하지 않았다.

미리 준비해 간 식재료들을 요리하여 자하브와 이베인이 행복한 시간을 가지도록 해 주었다.

통나무집에는 3쿠퍼짜리 알록달록한 싸구려 장식품들을 주렁주렁 달아서 꾸며 주고, 아늑하고 훈훈하도록 모닥불도 피워 주었다.

공적치와 우호도를 위한 아첨과 뇌물은 베르사 대륙에서 위드가 독보적이라고 할 수밖에 없었다.

쪼르륵.

위드는 깨끗한 유리잔에 포도주를 따라 주며 진심을 가득 담은 감탄을 내뱉었다.

"워낙 흔하게 들으셨을 말이라서 해야 할지 말아야 할지 망설였는데… 이베인 님은 정말 아름다우시군요. 자하브 님이 사랑에 빠지신 이유를 알 것 같습니다."

"어머, 그런가요?"

이베인에게 아부하면 옆에 있는 자하브와의 우호도가 오른다.

'사회생활을 하려면 다 필요한 것들이지.'

어설프게 아부를 하면 사람이 가벼워 보이고 소신이 없어 보인다. 하지만 십이지장을 갖다 바칠 정도로, 감탄이 절로

나오게 하면 당연히 이득이 되는 것.

그리고 다음 날 오후!
이베인이 살 수 있는 시간은 하루도 되지 않아서, 물거품처럼 다시 사라져야 했다. 그렇지만 자하브와 이베인에게는 그 무엇과도 바꾸지 못할 하루였다.

> -자하브의 숙원을 이루어 주었습니다.
> 그는 당신을 평생의 은인으로 생각할 것입니다.
> 자하브와의 우호도가 491이 되었습니다.

이베인이 다시 원래대로 조각품으로 변하고 나자 자하브는 땅에 파묻은 검을 꺼냈다.
"부탁이 있다고 했나? 사람의 목숨이 걸려 있다고 했지? 가세. 정의롭거나 올바른 일이 아니어도 괜찮아. 어떤 일이든 자네의 부탁이라면 무조건 도와줄 테니."
"감사합니다."
자하브 노예 만들기 작전은 당연히 대성공이었다.

딱 이틀 정도의 시간이 남아서, 위드는 마판에게 급히 주문을 했다.

"고급 조각 재료들이 필요합니다."

"엘프목이나 나베목으로요?"

"아뇨. 상아나 천연 원석 같은, 구하기 어려운 최고급이 필요합니다."

싸구려만 찾던 위드였지만 조각술 최후의 비기가 걸려 있으니 최고급품을 구해야 했다.

"흠집 하나 없는 최고급을 구하려면 시간이 상당히 많이 들 텐데요."

"이틀 내로 준비되어야 합니다."

마판이 곤혹스러운 얼굴을 했다.

"자세히 물어보진 않겠지만, 퀘스트와 관련이 있는 건가요?"

"예. 성공과 실패가 여기에 달려 있다고 해도 좋을 만큼요."

"으음, 이건 제가 장담할 수 있는 일이 아닌 것 같습니다. 아시다시피 전 대륙적으로 하벤 제국의 황궁 건축 등으로도 재료들이 많이 나가서요. 일단 마판 상회의 이름으로 다른 상인들에게도 도움을 청해 보겠습니다. 날짜 내로 어떻게든 구할 수 있도록 해 보죠."

마판 상회는 북부의 각 지역에 널리 퍼져 돈을 쓸어 담고 있었다.

물론 마판 상회만 잘되는 것은 아니다.

북부에서 상인은, 낮은 세금 덕분에 큰 혜택을 입고 있는

직종이었다.

상인들은 신발이 닳도록 뛰어다니며 영업을 하여 도시와 왕국을 발전시키고 큰 부를 이루어 가고 있었다.

그들로서는 당연히 아르펜 왕국 국왕의 눈치를 볼 수밖에 없다.

그렇지만 위드는 상인들에게 아주 호의적이었다.

이른바 상인 우대 정책!

'나중에 쥐어짜기 위해서라도 상인들은 부유해져야 해.'

마판 상회는 북부의 모든 상인들에게 조각 재료를 구한다는 협조 요청을 했다.

보통 상인들끼리는 이런 협조 요청까지는 하지 않는다. 하지만 마판 상회가 위드와 밀접한 연관이 있다는 사실을 아는 상인들은, 그때부터 물건을 구하기 위하여 자신의 일처럼 뛰어다니기 시작했다.

"어디? 헬센 섬에 재료가 있다고? 가까운 곳이기는 하지만 순풍이 아니라면 시간에 맞추기는 빠듯한데. 일단 배부터 띄워!"

"로스본 강에 조각 재료들이 묻혀 있다는 소문을 예전에 들은 적이 있는데. 그걸 발굴하면 도움이 되겠지? 낚시꾼과 발굴가의 도움을 얻어야겠네."

"가몽 님이 유령 동굴로 들어가셨다더라. 조각 재료들을 구하기 위해서."

"로이스 님은 늪 속을 헤매고 다닌다던데. 니플하임 제국 도시의 폐허에서 재료를 구한다면서 말이야."

위드에게 조각 재료가 필요할 거란 추측에 북부의 상인계 전체가 들썩였다.

"이틀 내로 구해지면 좋겠는데."

그렇게 상인들이 동분서주하는 사이, 위드는 남은 시간 동안 북부를 돌아다니며 여유롭게 보내기로 했다.

원래 시험 전날에 놀아야 더 재밌는 것과 같은 이치!

바다 냄새가 풍기는 항구도시 바르나는 무역과 모험을 즐기는 유저들로 북적였다.

"여긴 시장이 아주 크군."

고래 시장, 참치 시장, 고등어 시장이 일품이었다.

바르나까지 일부러 와서 해산물들을 맛보는 유저들이 많았다.

그리고 다음 도착 장소는 벤트 성!

니플하임 제국의 벤트 성은 위드의 아르펜 왕국에 투항하여 충성을 다하고 있었다. 거주하는 주민들의 수준도 높았고, 드나드는 유저들의 옷차림도 범상치 않았다.

상인이 아니라면 보통 200대 이상의 레벨의 유저들이 벤트 성에 많이 왔고, 간혹 300대 후반에서 400대의 유저들도 있었다.

중앙 대륙에서의 전쟁으로 파멸을 맞이한 명문 길드들이

많았다. 친목 모임으로 근근이 지속되기도 하였지만 해산된 길드의 유저들은 방랑자가 되었다.

그들도 북부로 오고 있었으니, 높은 레벨의 유저들도 은근히 많이 늘어난 상태였다.

위드가 성문으로 다가갔다.

정문 옆에 있는 쪽문은 통행을 원하는 유저들로 북적이고 있었다.

위드가 향한 곳은 당연히 크게 뚫려 있는 정문!

"국왕 폐하, 누추한 이곳까지 방문해 주셔서 심히 영광이옵니다."

"고개를 들라."

벤트 성의 성문을 지키던 기사들이 위드를 보자마자 땅에 엎드렸다.

뎅뎅뎅뎅!

성문에서는 급한 타종 소리가 들리더니, 내부에서 기사들이 뛰쳐나와서 연속으로 엎드렸다.

가히 국왕다운 위엄!

"진짜 전쟁의 신 위드야?"

"이렇게 가까이에서 보는 건 처음인데."

"어떻게 해. 친구들에게 자랑해야겠다."

유저들은 그 멋진 모습을 보고 흥분을 감추지 못했다.

위드의 앞에 벤트 성의 뛰어난 기사 NPC들이 전부 엎드려 있다. 충성도가 아주 높고 진심으로 따르기에 국왕을 향하여 기꺼이 최상의 예의를 다하는 모습.

위드는 당연하다는 듯이 고개를 끄덕였다.

"이곳에는 다른 사람들처럼 편하게 구경을 온 것일 뿐이다. 그러니 기사들은 돌아가서 할 일을 하라. 치안을 단단히 지켜서 주민들이 믿고 편안한 삶을 살 수 있도록 하며, 또다시 아르펜 왕국이 위험에 처하지 않도록 수련에 힘쓰도록 해라."

영화에나 나오는 성군으로서의 위엄!

전쟁의 시대에는 말단 귀족들에게도 굽실거리며 아부를 하였지만, 아르펜 왕국에서는 위드가 존엄한 국왕이었다.

"제가 안내하겠습니다, 폐하."

"기사여, 그대의 이름은?"

"살로몬입니다."

"살로몬이여, 우선 무기점부터 가 보도록 하자."

"영광이옵니다, 폐하."

벤트 성에 방문한 실질적인 이유는 세금을 얼마나 올릴 수 있을지 탐색하기 위해서였지만, 겉보기에는 민생과 치안에 관심이 많은 국왕이었다.

위드는 무기점만 가 보더라도 대충 경제력을 가늠할 수 있었다.

무기점에 걸려 있는 상품들을 보면 대장장이들의 수준을 알 수 있고, 판매량을 따져 보면 고레벨 유저들이 벤트 성에

서 얼마나 많이 사냥을 하고 있는지도 어렵지 않게 짐작이 가능하다.

'음, 상당히 대단하군.'

벤트 성에는 뛰어난 대장장이들이 많았다.

이 주변의 던전들이 수준이 높다 보니 유저 대장장이들도 많이 온 것이다.

기사들과 전사, 사냥 파티들도 벤트 성을 거점으로 활동하다 보니 판매량 또한 어마어마했다.

'다만 물가가 너무 저렴하게 유지되고 있어.'

아르펜 왕국은 유저들이 늘어나는 만큼 물가가 폭등하여 살기 어려워질 것 같지만 그렇지도 않았다. 몬스터가 많고 던전과 사냥터, 퀘스트가 널려 있는 만큼 기초적인 품목들을 직접 구하는 사람들이 상당했다.

게다가 생산직들을 적극적으로 우대해서, 유저들이 늘어나는 만큼 높아지는 식량과 광물, 무기와 방어구 등의 수요도 충분히 감당할 수 있는 상황이었다.

상인들이 열심히 실어 나르는 덕분에 아르펜 왕국의 작은 마을이라 하더라도 모험에 필요한 최소한의 물품들은 구하기가 어렵지 않았다.

식량의 효율적인 분배는 아르펜 왕국 주민들의 폭발적인 인구 성장을 이끌어 내고 있었다.

'물가가 더 올라야 되는데…….'

위드는 무기점을 나와서 성으로 향했다.

기사들의 성!

니플하임 제국에서 건설한 성은 웅장하기 짝이 없었다.

모라타의 흑색 거성은 허름하게 느껴질 정도로, 입구에서부터 복도, 영주의 방까지도 최고급 양탄자가 깔려서 화려함의 극치를 달렸다.

니플하임 제국의 예술품들이 보존되어 있었으며, 한 시대를 풍미하던 기사들의 무구들도 보관되고 있다.

'음, 괜찮은 장비들이 많군.'

위드는 장식용으로 쓰이고 있는 이 장비들을 꺼내서 팔 수 있었다.

물론 정말 그렇게 한다면 돈에 환장해서 기사들의 명예를 짓밟았다는 소문이 퍼지며 악명이 높아지고 반발도 만만찮을 것이다.

일반적으로 적국이 침략하였을 때에는 약탈을 해서 마음대로 처분을 하지만 위드가 아르펜 왕국의 보물들을 팔아서 돈을 얻는 방식은 무리가 있었다.

위드도 그런 극단적인 방법만큼은 쓰고 싶지 않았다.

얻는 것보다는 잃는 게 훨씬 더 많을 수 있다.

돈에 환장을 했기 때문에 오히려 더욱 찔려서 함부로 사용할 수 없는 방법!

"지역 정보 창!"

벤트 성

아르펜 왕국에 소속되어 있는 성.
국왕 위드에 대한 기사들의 충성심이 대단하다.
길고 긴 혹한의 세월도 견뎌 낸 두꺼운 성벽은 여전히 어떤 침입이라도 격퇴할 수 있을 것처럼 튼튼하다.
생활력이 강한 주민들은 사냥의 달인들이다. 검과 갑옷만 주어지면 언제라도 병사로서 군대에 속할 수 있음.
니플하임 제국 시절부터 내려온 많은 세공품과 보물들이 보관되어 있다. 혹한의 세월 동안 사용되지 않은 재물들은 성의 재정을 풍족하고 부유하게 만들었음.
폐쇄되어 있던 성문을 열어 교류를 하고 있다.
현재 높아진 출생률과 이주민들로 인해 대대적으로 마을의 확장이 이루어지는 중.

군사력 : 4,998　　　　　경제력 : 1,421
문화 : 934　　　　　　　기술력 : 677
종교 영향력 : 23
지역 정치 : 79　　　　　**인근 지역에 대한 영향력 : 81%**
구舊니플하임 제국의 영향력 : 15.2%(영향력은 군사, 경제, 문화, 기술, 종교, 인구, 의뢰 등의 분야와 관련이 깊음)

도시 발전도 : 199
위생 : 64　　　　　　　**치안 : 98%**

이주민들이 늘어나고 있지만, 강력한 자경단과 기사단으로 인해 도둑들은 발을 붙이지 못함.
기사들이 전직할 수 있는 최고의 수련장이 있으며, 고급 기마술을 익힐 수 있다.
니플하임 제국 시절에 건설된 주요 군사 건물들은 꾸준한 보수를 거쳐서 그대로 유지되었다.
마을의 영역은 성 밖으로 대대적으로 확장되고 있다.

몬스터 소탕을 위한 기사단의 순회로, 근처 지역들에 대해 군사적인 영향력을 행사함.
자유 기사들이 모여들고 있음.
주민들은 북부에 아르펜 왕국을 세운 국왕 위드를 진심으로 존경한다. 무너진 니플하임 제국의 영광을 다시 세울 수 있는 유일한 사람으로 생각하며, 그의 믿기지 않는 모험담에 대해 경이로움을 감추지 못하고 있다.
무기 제작 기술과 방어구 제작 기술이 쭉 이어져 내려오고 있다.
공성 무기는 오랫동안 사용되지 않아서 그 제작 기술이 아직 미숙한 편.
몬스터들을 겁내지 않을 정도의 군대를 보유하고 있으며, 아르펜 왕국의 재능 있는 기사 후보생들을 많이 양성하는 중이다. 기사들은 긍지와 충성을 최우선 덕목으로 가르치고 있다.
니플하임 제국 검술은 본래 예리하고 날카로웠지만, 거친 세월을 지나며 강인함을 겸비하게 되었다.
식량의 자급자족은 이루어지지 않고 있으며 대부분의 식료품은 외부에서 조달함.
사냥과 몬스터 소탕을 통해서 수입의 대부분을 얻고 있음.
주민들은 상인들에 대해 긍정적이며, 시장의 확대가 이루어져서 더 많은 물품들을 보기를 원한다.
예술에 대한 관심은 미진한 편.
생존이 우선이 되는 삶을 살아왔기에 예술보다는 넉넉한 식량과 무기에 대한 집착이 강하다.
어린아이들은 커서 훌륭한 기사가 되고 싶어 하며, 다른 분야에 대해서는 관심이 없다. 최근 상인들에 대하여는 약간 긍정적으로 돌아섰다.
지역 신앙으로는 아르펜 왕국을 풍요롭게 하는 프레야와 전투의 신 티르를 믿고 있다.
특산품 : 철제 검, 철제 갑옷, 세공품, 니플하임 제국의 보물.

> 영토 전체 인구 : 33,920.
> 매달 세금 수입 : 74,006골드.
> 성 운영비 지출 내역 : 군사력 64%, 경제 발전 22%, 문화 투자 비용 3%, 의뢰 및 몬스터 토벌 7%, 성 보수 4%.

"음, 철저한 군사 요새로군."

위드는 상업 도시로서의 면모를 보이는 모라타나 항구도시 바르나와는 다른 벤트 성에 만족했다.

군사력이란 자신의 것을 지키기 위하여 꼭 필요한 것이다.

"벤트 성에 인구가 적어서 그동안 발전이 더디고 힘들었던 거지. 이제 이주민들을 바탕으로 인구야 금방 늘어나게 될 테니······."

훈련된 병사들과 적진으로 뛰어들 용감한 기사들도 순식간에 불어나게 되리라.

물론 군대의 보유는 그만한 자금을 잡아먹는 일이지만, 따지고 보면 반드시 적자가 나라는 법도 없었다.

던전을 소탕하고 몬스터들을 물리쳐서 안전지대를 확보하여 국경을 넓힐 수 있다. 국가 공적치를 쌓은 유저들이 보상으로 기사들을 데리고 다니며 활동할 수도 있으니, 도시 하나만 있던 모라타 시절과는 쓰임새가 많이 달라졌다.

"조금 더 투자를 해야 돼. 전쟁의 시대 건물들을 지어야겠군."

위드는 벤트 성에 건물을 지었다.

국왕으로서 직접 지배하고 있는 성에 건물은 당연히 지을 수 있었다. 내버려 두더라도 알아서 확장되겠지만, 적재적소에 건물을 지으려면 개입이 필요하다.

이번에 퀘스트를 하며 봤던 켈튼 왕국과 마폰 왕국의 건물들을 지어서 완전한 군사 요새로 키우는 것이다.

건축가가 영주가 된 마을과 도시에서는 건물들의 조형미를 극대화시키기 위하여 골목길조차도 이리저리 꼬아 놓는 경우가 있었다.

위드는 그냥 바둑판을 선호했다.

"땅만 비싸게 분양 잘되면 건축가들과 상인들이 알아서 하겠지!"

벤트 성은 군대가 있기 때문에 마을 영역이 아주 넓었다.

"미리 집들을 많이 늘려 놓을 필요가 있어."

근처의 산마다 판잣집들로 도배를 해 놓는 건 기본이었다.

이현은 고추장 불고기를 굽고 된장찌개도 끓일 준비를 했다.

"역시 큰일을 하려면 배를 든든하게 채워 두어야 돼."

퀘스트를 하러 접속하기 전에 청소도 하고 집안일도 끝마쳤다.

단지 한 가지 걸리는 면이 있다면 서윤이었다.

퀘스트를 잠깐 도와주면 되는 건 줄로 알았는데 상당히 오랜 시간을 위험을 무릅쓰고 옆에 붙어 있었다. 더군다나 현재는 포르투의 국왕에게 사로잡혀 죽을 위기에 처하고 말았다.

"음, 이런 찝찝하고 미안한 기분은⋯ 열아홉 살 때 유치원 다니는 여자아이 딸기 우유를 뺏어 먹었을 때 느꼈던 것과 같군."

그 당시에는 배가 너무 고팠고 감기에도 걸려서 몸이 안 좋았다.

깜찍하게 생긴 여자아이가 막 딸기 우유를 먹으려는 순간, 이현이 말을 걸었다.

"꼬마야."

여자아이는 눈을 가늘게 뜨고 대꾸했다.

"왜요, 오빠? 아니, 아저씨."

"그 딸기 우유 나한테 팔아."

"싫은데요."

"200원 줄게."

"이거 600원인데요. 요즘 물가 몰라요?"

이현은 상당히 낙심했다. 유치원생이라고 해도 순박하거나 어리바리하지 않고 똑똑해진 세상이 원망스러웠다.

게다가 웃어른을 향한 예의와 공경의 마음은 다 어디로 사라져 버렸는가.

"그럼 마시고 나서 1,000원 줄게."

"자요!"

"캬아, 맛 좋다."

맛있게 딸기 우유를 다 먹고 나서 도주!

달려가던 뒤로 여자아이가 울면서 쌍욕을 퍼붓던 기억이 났다.

철없는 시절에 어쩌다 저질렀던 짓이지만 두 번 다시 행하고 싶지 않은 슬픈 추억이었다.

서윤이 손해를 감수하면서 도와주고 있으니 그때만큼이나 미안한 기분이 들었다.

'선물이라도 하나 해 줄까. 어디 목걸이나 귀걸이 세트나… 아냐, 비쌀 텐데. 길거리에서 파는 것도 최소 만 원 이상일 거야.'

이현은 그래서 꽃씨를 사서 마당에 뿌려 놓았다.

'길러서 꽃다발을 만들어 줘야지.'

하지만 실속은 없는 꽃다발이라서, 그것만으로는 뭔가 약할 것 같았다.

'선물은 먹는 게 최고인데. 닭을 1마리 줄까? 아냐, 지난번에 지골라스 다녀와서도 줬는데.'

양념반프라이드반을 포함해서, 닭도 몇 번 써먹었던 방법이다.

보신이들끼리는 아직 교배를 하려면 멀었고, 태어나지도

않은 새끼를 벌써부터 주겠다고 하면 왠지 치사하고 쪼잔한 사람 같지 않겠는가.

"음, 가방을 사 줘야겠군. 역시 여자들한테 할 선물로는 가방이 최고지."

이현도 어디선가 들은 내용은 있었다.

"어디 보자, 적당한 가방이……."

서윤이 들고 다니던 가방의 브랜드를 인터넷에서 검색했다. 그리고 나서 한동안 충격으로 몸이 굳었다.

수술실에서 심장박동이 멈췄다가 다시 뛰는 것처럼, 경직된 몸은 한참 후에나 풀렸다.

이현은 조용히 컴퓨터를 껐다.

"음, 김치나 담가 줘야겠군."

서윤은 보통 김치를 배달시켜 먹는다. 이현은 그녀가 먹을 김치들을 정성을 담아서 담가 주기로 결정했다.

"중동 쪽에서 건설 대금 결제가 계속 미루어지고 있습니다, 회장님."

"그거야… 조금 기다려 보도록 하지. 아무튼 그쪽은 나중에라도 받을 수는 있을 테니."

서윤의 아버지인 정득수 회장은 요즘 매일 일찍 회장실로

출근을 했다.

 계열사들마다 이사회가 소집되고 있었고, 올라오는 보고들은 심각한 내용들이었다.

 "국내 건설업 쪽은?"

 "건설 경기가 갈수록 나빠지는 중입니다. 우리 회사 미분양 아파트만 1만 채가 넘었습니다. 주택 용지로 분양받은 수도권의 땅들도 사업성이 악화되어서 쓰지를 못하고 있습니다."

 "그러면 그 땅들은 어떻게, 처분해서 자금을 마련할 방법은 마련되었나?"

 "아파트 용지라서… 지어 봐야 미분양이 확실하니 다른 업체들도 가격을 낮춰 줘도 구입을 하려 하지 않습니다. 그리고 저축은행들이 대출 상환을 요구하는 중입니다. 그러나 호성 건설의 자금 사정으로는 대출 상환이 불가능합니다."

 "회사채 만기일은?"

 "내년 초에 몰려 있습니다, 회장님."

 건설 쪽은 대대적인 신규 자금 지원이 이루어지지 않으면 안 될 정도로 위기에 몰리고 있었다.

 가장 큰 계열사인 호성 전자의 상황도 상당히 위험했다.

 "유니콘 사의 신모델 출시로 인해 우리 업체의 상품 점유율이 급격히 줄어들고 있습니다. 평면 텔레비전은 가격 할인을 해도 잘 팔리지 않고, 공장 가동률이 하락해서 적자가 커지는 중입니다. 작년 2분기보다 영업이익이 79%나 급감했

습니다."

"가전 쪽은?"

"불황이라 제조원가 수준에도 미치지 못합니다. 수출 물량도 절반 이하로 감소했고, 고정 거래처들로부터 추가 주문도 들어오지 않고 있습니다."

"휴대폰은 광고에 톱 배우들을 기용했는데도 판매량이 감소했다던데?"

"그쪽에서도 우리 브랜드는 경쟁력을 잃어서……. 소프트웨어 경쟁력에서 경쟁사에 비해 많이 뒤처져 있습니다."

정득수 회장은 탄식했다.

불과 2~3년 사이에 경영 사정이 말도 못 할 정도로 나빠졌다.

그 전에도 조짐은 있었지만 급기야 호성 그룹에 전체적인 불황이 불어닥쳤다.

이미 신용 평가 기관들을 통하여 부정적인 전망이 속출하면서 비싼 가격에 회사채 발행이 이루어졌다. 영업 수익이 악화되는 와중에 금융 비용마저 갈수록 늘어나고 있었다.

"생산량 조절이나 해외 공장 서너 곳을 폐쇄하는 것도 고려해 봐야 합니다, 회장님."

"생산량을 조절해서 시장점유율마저도 줄어들게 되면 다시 찾기가 얼마나 힘든지 알고나 하는 소리인가?"

"하지만 지금의 적자는 계속 감당이 안 되는 수준입니다."

"전자만큼은 포기할 수 없어. 전자가 무너지면 그룹 전체가 몰락하는 셈이니 경쟁력을 회복하기 위해서라도 대대적인 추가 투자를 추진해 보도록 하게."

"채권단에서 그룹 재무구조를 개선하라는 압박을 해 오고 있기에 추가 대출을 승인받기는 어렵습니다."

호성 전자에서는 위기를 극복하기 위하여 역으로 대규모 투자를 해 왔다. 그러나 그때마다 실패로 돌아가서 손실이 막대했다.

"그들의 요구 사항은 어느 정도인가?"

"호성 건설과 호텔, 호성 석유화학, 파라다이스 유통을 매각하라는 주문을 해 왔습니다."

"건설은 그렇다 치더라도 지금 현금을 창출할 수 있는 기업들만 내놓으라고? 터무니없는 요구를 하는군."

계열사가 24개에 이르러서 대한민국에서 다섯 손가락 안에 꼽히는 호성 그룹이지만 핵심 계열사들의 자금 위기가 그룹 전체를 뒤흔들고 있었다.

"아무래도 내가 두상철 은행장을 만나 봐야겠군."

정득수 회장은 직접 주거래은행장과 채권단을 만나 담판을 짓기로 했다.

포르투 왕성 전투

북부의 유저들이 구해서 마판을 통해 전달된 고급 조각 재료들이 이틀 만에 산더미처럼 모였다.

 금전으로 따지면 무려 55만 골드가 넘었다.

 '이 정도라면 조각술 마스터가 될 때까지라도 쓸 수 있겠군.'

 다행히 금전 지불은 할 필요가 없었다.

 아르펜 왕국이 커 가면서 특정 상인들에게 몇몇 중대한 권리를 부여할 수가 있었기 때문.

 "앞으로 잘 부탁드립니다, 위드 님."

 "우후후훗, 물론이지요."

 은밀한 청탁과 뇌물이야말로 독재가 주는 짜릿한 선물!

위드는 사흘째 되는 날 자하브와 함께 전쟁의 시대로 돌아왔다. 떠났을 때와 마찬가지로 보덴 마을 근처의 숲 속이었다.

퀘스트에 사용하기 위해 귀중한 조각 재료 몇 가지는 몸에 지니고 왔다.

"우선 우리가 해야 할 일은 왕성 근처에서 기다리는 겁니다."

"그렇게 하도록 하지. 여기서는 무조건 자네의 의견을 따르도록 하겠네."

포르투의 수도로 걸어서 이동했다.

돌아다니는 몬스터들 때문에 노들레 정도의 무력으로는 여행을 하는 자체도 위험했지만 자하브가 단단히 지켜 주었으니 걱정거리가 없었다.

도시로 들어가니 구걸을 하는 사람들과 굶어서 죽어 가는 아이들이 널려 있었다. NPC라는 사실을 알고는 있지만 비쩍 말라서 죽은 아이들을 보니 마음이 편하지 않았다.

"음, 이러니 민심이 개떡 같았군."

포르투의 국왕이 흑마법사이니 왕국민의 삶에는 관심이 없는 것도 당연했다.

라움 왕국이 침공을 할 때가 서윤을 구해 낼 수 있는 기회였다.

'노들레가 썼던 방법을 그대로 따라야 하나?'

위드는 다소 고민이 되었다.

노들레는 시종으로 분장하여 죽을 위기들을 넘기며 간신히 힐데른에게 갔다. 그 와중에 건물의 기둥과 양쪽 벽, 천장이 무너지는 사이로 달리는 등, 거의 믿기지 않을 정도로 아슬아슬한 장면들이 많았다.

영상으로도 봤지만 똑같은 방법을 택하는 것은 위험도가 너무 높았다.

'참고를 해서 새로운 방법을 써야 돼. 나한테는 어쨌든 노들레보다 활용할 수 있는 유리한 조건들이 여럿이야.'

자하브가 조력자로 가세를 하였고, 다양한 조각술의 비기도 쓸 수 있다.

조각 검술!

최근까지도 사냥을 하며 유용하게 사용하는 스킬이다.

달빛 조각 검술로 변형되어서, 적들의 마법이나 특수 공격을 막아 내는 데 매우 유용했다.

기본적인 공격력 자체는 다소 약하지만 상대방의 방어력을 무시해 버리기에 여전히 쓸모가 많았다.

생명력이 낮은 적들을 상대로 할 때에는 최고의 스킬!

하지만 레벨과 스탯들이 떨어져 있는 만큼 조각 검술에 희망을 걸어 볼 수는 없었다.

정령 창조 조각술!

정령들을 소환하는 것 역시 마나를 소모하게 한다.

정령들은 일도 잘하는 데다, 위드는 창조자이기도 하니 최상급 정령까지 부를 수 있겠지만 유지시간이 짧거나 큰 힘을 쓰지는 못하리라.

 조각 변신술!
 역시 아주 유용하지만 변신술 자체의 한계도 있다.
 레벨과 스탯이 낮다 보니 변신하더라도 전투적으로는 쓸모가 없고, 위장 정도로나 효과적이리라.

 조각품에 생명 부여!
 부하들을 만들어 내는 것도 가능했다. 물론 부하들이 금방 죽어 버리면 피해도 크지만, 어찌 되었든 비장의 무기.

 조각 부활술!
 적당한 영웅을 불러내어 꼬드길 수만 있다면 부려 먹을 수 있으리라. 다만 자하브를 이끌어 내기 위하여 이미 써 버린 스킬이라 앞으로 1달간은 재사용이 불가능했다.

 대재앙의 자연 조각술!
 예술 스탯이 유지되고 있는 이상 최강의 스킬이라고 할 수 있었다. 더욱 복합적인 재앙도 일으킬 수 있게 되었으니 기대를 걸어 볼 수 있다.

 그렇지만 위드의 생명력이 줄어들어 있는 이상 스스로의 안전을 확보하지 못한다면 최악의 자충수였다.

 '어쨌든 이것들을 전체적으로 이용해야 돼. 그리고 퀘스트의 달성을 위해서라면… 레벨과 예술 스탯이 아깝지만 아

껴서는 안 되겠지.'

노들레의 선택보다는 유리한 방법을 택하기로 했다.

"금지된 마법을 사용하는 포르투의 국왕을 사로잡아 까마귀의 먹이로 만들자!"

"우와아아아!"

"라움의 벌레들이 이곳까지 기어 왔다. 놈들을 탑처럼 쌓아라. 국왕 폐하께서 친히 벌하시리라."

"물러서는 놈들은 모조리 목을 베겠다. 가라!"

예정대로 포르투의 수비 병력은 몰살을 당하고 라움 왕국의 군대가 수도로 진격해 왔다.

포르투의 왕성을 수비하기 위한 전투가 대대적으로 벌어졌다.

침략을 해 온 라움 왕국의 군대는 무려 30만을 헤아렸다.

동맹 왕국 루벤스톤, 고르골, 타모나까지 합세를 했기 때문이다.

일찍이 보기가 어렵던 대단한 대군의 위용!

"부숴라!"

"리야스 폐하의 명이시다. 주춧돌 하나 남기지 않고 모조리 박살을 내라!"

공성 무기들이 어마어마한 바퀴 구르는 소리를 내며 굴러 와서 포르투의 왕성을 향하여 거대한 돌덩어리들을 쏘아 냈다.
　그러나 포르투의 왕성도 호락호락하게 무너지지 않았다.
　"오라, 이곳으로… 너희가 좋아하는 제물들은 충분히 모여 있나니."
　"피의 축제가 벌어지는 날, 위대한 이들을 영접하리라."
　"오오, 죽음을 다스리는 칼레의 낫이여, 저들의 눈동자를 갈라 주소서."
　에너시드라는 단체의 흑마법사들이 집결하여 마물들을 성 안 가득 불러냈다.
　"끼야악!"
　포르투의 병사들까지 잡아먹은 마물들은 급격하게 세를 불리고 있었다.
　곧 성문이 열리고 마물들이 바깥으로 뛰쳐나갔다. 그리고 시간의 모래를 통해서 봤던 라움 왕국과 동맹 연합군과의 전투가 벌어졌다.
　"조금 더 기다리도록 하죠."
　원래 노들레가 시종의 복장을 구하여 성의 숨겨진 뒤쪽 문으로 잠입한 것이 이쯤이다.
　위드는 자하브와 같이 하수구 근처에서 잠복을 했다.
　역겨운 냄새가 흘러나오는 곳이지만, 노들레가 침입했던

장소보다 더욱 안전하다.

좋은 계획이란 종종 깔끔함까지 챙길 수는 없는 법.

"언제까지 기다려야 하는가?"

"지금까지는 소란이 적습니다. 한 10분만 더 지켜보고요."

왕성의 내부에는 포르투의 기사들과 중앙 기사단, 중앙군 등으로 삼엄한 경계가 이루어지고 있기 때문에 기회가 별로 많지 않다.

노들레도 왕성으로 바로 들어가기는 했지만 복도마다 지키고 있는 기사들로 인하여 정작 내부에서 기다리고만 있어야 했다.

쿠우우우웅!

공성 무기들이 왕성을 두들기면서 위드와 자하브가 있는 곳까지 충격이 전해졌다.

수도의 성벽인 만큼 워낙 크고 두꺼워 아직까지는 거뜬하였지만 잠시 후면 어쩔 수 없이 붕괴가 시작되리란 걸 알고 있었다.

"이제는 가야 하지 않겠는가?"

"아직 조금만 더요."

위드는 인내심을 발휘했다.

노들레의 영상을 보며 포르투의 군대들이 어찌 대응을 할지, 침략군들의 공격이 어느 쪽에 집중될지를 대략 기억을 했다.

영상을 볼 때에는 사소한 정보들까지도 놓치지 않는 집중력이 필수였다.

'남문이 깨질 때가 되었지. 흑마법사들이 미처 대처하지 못했던 장소가…….'

"남문이다! 남문으로 모여라!"

"적이 왕성으로 들어오지 못하도록 요격하라. 기사단 이동!"

땅 위에서 소리와 진동을 통해 많은 인원이 이동하는 것이 느껴졌다.

노들레도 이 기회를 틈타서 왕성의 깊은 곳으로 잠입했다.

"지금입니다."

위드는 자하브와 함께 하수구의 돌로 되어 있는 덮개를 치우고 위로 올라왔다.

그들이 나온 장소는 기사들의 연무장!

평소라면 기사들로 바글바글할 장소였지만 지금은 텅 비어 있었다.

몇 명의 병사들이 그들을 보기는 했지만, 곧 다른 곳으로 시선을 돌려 버리고 말았다.

그들이 착용하고 있는 복장은 포르투 왕국에서는 감히 입에 올리기도 두려운 존재, 흑마법사들의 옷이었기 때문이다.

흑마법사들의 행동에 대해서 일반 병사들이 의문을 표시하기란 어렵다.

위드와 자하브는 이날이 오기 전까지 주변의 던전들을 돌

며 사냥을 했다.

'포르투에 흑마법사들이 있다. 그렇다면 분명 흑마법사들과 관련이 있는 던전도 있을 거야.'

주민들로부터 절대 가서는 안 될 장소들을 수소문하고, 왕국에서 출입을 금지한 땅들을 돌아서 흑마법사들의 던전을 발견!

그곳에서 사냥을 하여 악명과 마나를 300 늘려 주는 외에 아무런 옵션이 없는 견습 흑마법사의 로브들을 습득했다.

일반 병사들에게는 흑마법사란 워낙 두려운 존재라서 그럼에도 잘 먹혀들었다.

그리고 잠시 후에 그들이 있는 곳으로 마차가 이동해 왔다.

위드가 앞으로 나섰다.

"여기 멈춰라."

"무슨 일인가? 서둘러 내성으로 운반을 해야… 헛, 마법사님."

"이곳에서부터는 내가 맡겠다."

"안 됩니다. 직접 옮겨야 한다는 외성 수비대장 하록 님의 명령을 받았습니다."

"나는 챠크젤 님의 명령을 직접 받았다."

"그렇다면 명령서를 보여 주십시오."

마차를 운반하는 기사들은 상당히 깐깐했지만 상대는 위드!

"명령서는 없다."

"그렇다면 마차를 넘길 수 없습니다."
"지금 전투 중인데 챠크젤 님에게 돌아가서 명령서 따위나 작성해 달라고 요구하란 말인가?"
"규칙은 규칙입니다. 저희는 군법을 지켜야 합니다."
"좋다. 그렇다면 내 얼굴을 똑똑히 봐라."
"예에?"
위드가 머리를 가리고 있던 후드를 뒤로 젖혔다.
"아, 빌로어 님."
"그래. 내가 누군지 알아보는군."
"물론입니다."
사전에 입수한 정보를 통해 흑마법사의 외모를 살펴 놓고 그대로 조각 변신술을 시전했던 것이다.
"그리고 이건 눌타 님의 신분패다."
황금으로 번쩍이는, 신분을 증명하는 패!
위드는 노들레의 영상을 통해 왕실 기사 중에 눌타라는 대단한 강자가 있다는 사실을 알아냈다. 그리고 그의 신분패를 정교하게 위조한 것이다.
바가지, 사칭, 위조 등에 조각술을 300% 활용하는 위드!
기사들은 신분패를 자세히 확인했다.
"눌타 님의 신분패가 맞군요."
"이래도 못 믿겠다면 챠크젤 님이 있는 장소로 같이 가자."
챠크젤은 희대의 흑마법사이며 학살자였다. 아울러 흑마

법사들을 이끌고 있는 포르투 국왕의 스승이기도 했다.

왕성에는 챠크젤에 대한 두려운 소문들이 잔뜩 퍼져 있다.

그에게 가자는 말은 관 뚜껑에 못질하자는 것과 마찬가지 의미!

기사들은 우물쭈물하며 말의 고삐를 넘겼다.

"빌로어 님이라면 믿을 만합니다. 저희는 전투에 나서야 하니 안전하게 운송을 부탁드리겠습니다."

"걱정하지 마라."

위드와 자하브는 마차를 몰아서 내성으로 향했다.

―왕국 기사들을 설득시켰습니다.
지혜가 1 오릅니다.

사기로 인한 마차 강탈!

실력이 출중한 도둑들이 화술 스킬과 높은 매력, 카리스마, 지혜 스탯으로 싸우지도 않고 도둑질을 성공시켰다는 이야기가 전해 내려왔다.

위드의 명성과 스탯이 그대로였다면 기사들 정도는 쉽게 구워삶을 수 있었겠지만 지금은 쉽지가 않았다. 그래도 이곳이 왕성 내부인지라 경계심이 누그러진 데다 챠크젤과 같은 흑마법사들에 대해 가지는 기사들의 두려움을 이용해 해치운 것이다.

위드와 자하브는 편하게 마차를 타고 다른 병사들과 기사들이 지키는 영역을 넘어서 내성의 입구에 도착했다.

그때에는 이미 외성에서 전투가 아주 치열하게 벌어지고 있었으며, 라움 왕국의 군대가 남쪽 성문을 장악해 갈 무렵이었다.

내성 부근으로도 공성 무기가 쏟아 낸 공격들이 떨어지면서 굉음을 내고 땅을 흔들리게 했다.

내성의 입구는 왕실 근위대 기사들이 지키고 있었다.

"멈추십시오. 무슨 용건입니까?"

"흑마법에 필요한 특별한 재료들을 가지고 왔습니다."

"확인해 보겠습니다."

근위대 기사들은 수레 안에 담겨 있는 몬스터의 사체들을 살펴보았다.

대단한 몬스터들의 사체들을 모아 낸 것으로, 흑마법사들이 키메라를 제조해 내는 데 필요한 재료였다.

위드는 노들레의 영상을 통해 이 마차가 내성으로 들어가게 된다는 사실을 알고 이를 써먹기로 한 것이다.

"빌로어 님이 직접 운반하실 줄은 몰랐습니다. 물건들은 미리 연락을 받은 대로군요. 통과!"

"수고하십시오."

내성의 내부로 무사히 잠입에 성공!

노들레는 이 과정까지 오기 위해 다섯 번의 죽음의 위기를 경험했다.

'시간도 7분 이상 단축했군.'

시간의 단축은 내성이 직접 공성 무기의 타격을 받지 않게 하기 위하여 매우 중요했다.

무엇보다 서윤을 구출하여 무사히 데리고 나가려면 가능한 한 빨리 움직이는 게 좋다.

노들레의 영상의 마지막 부분, 힐데른을 구하는 모습이 나올 때에는 내성이 붕괴되기 직전의 상황이었다. 도대체 그가 그 후로 어떻게 힐데른을 구출하여 이곳을 벗어났는지도 의문이 들 정도다.

그가 맞이할 상황을 위드도 접하지 않으려면, 어쨌든 빨리 가야 했다.

-곧 갈 테니 기다려.

위드는 서윤에게 귓속말을 보냈다.

탑에 갇히고 난 이후부터 서윤은 접속을 해도 새카만 어둠만 보이고 몸을 움직일 수 없으며 귓속말만 보내고 받을 수 있을 뿐이었다.

-천천히 오세요. 기다리고 있을게요.

죽음 따위는 어떻게 되더라도 괜찮다고 말하는 서윤!

퀘스트의 성공을 위해서는 결코 그녀가 죽어서는 안 되었다.

"가죠."

위드와 자하브는 마차는 버려두고 탑이 있는 방향을 향해 뛰었다.

"어딘가?"

"오른쪽입니다."

내성은 적들이 사방에 가득해서, 흑마법사들에게 가야 할 마차가 멈춰 있는 게 발각되는 것도 금방이리라.

'시간과의 싸움이다. 들키기 전까지 최대한 빨리 탑에 다가가야 해.'

30명이 넘는 근위대 병사들의 무리가 무장한 채로 걸어오고 있었다.

노들레의 영상에서는 마주치지 않았지만, 지금은 일찍 침입한 것이기에 벌어지게 된 일.

"무슨 일이십니까?"

병사들은 이쪽을 흑마법사로 알고 있기에 정중하게 먼저 물었다.

위드는 자하브만 들을 수 있을 정도로 작은 목소리로 속삭였다.

"자하브 님, 이제부터는 보이는 족족 몽땅 없애 버려야 합니다. 이것저것 대화를 나누면서 허비할 시간이 없습니다."

"음, 나도 이곳에 와서 보고 들은 내용들이 있네. 이런 악인들이라면 해치워도 되겠지."

"물론입니다. 자하브 님의 검으로 정의로운 일을 하시는 거죠."

가려운 부위를 긁어 주는 부추김이야말로 위드의 주특기!
"달빛 조각 검술!"
자하브가 검을 뽑고 스킬을 시전했다.
화려한 빛을 내뿜으며 병사들을 추풍낙엽처럼 쓰러뜨렸다.
과연 검술 마스터다운 위용!
"대단하십니다, 자하브 님!"
위드는 박수를 치며 응원했다.
'부려 먹기 위하여 일부러 데려온 보람이 있군.'
근위대 병사들조차도 전혀 상대가 되지 않았다.
단숨에 수십 명의 병사들을 없애 버리는 강한 능력!
3~4명의 병사들이 도망을 쳤지만 어차피 상관할 바도 아니었다.

마차가 발각되는 건 순식간이고, 라움 왕국의 군대도 곧 내성으로 진입을 할 것이기 때문이다.

그들은 흑마법사들을 처단하기 위하여 기사단을 침투시켰는데, 내성에서의 공방전 역시 대단하였다. 노들레는 시종으로 분장을 하여 들어온 이후 라움 왕국 기사단의 포로가 되어 내성을 안내해 주는 척하다가 죽을 고비를 넘기며 간신히 빠져나갔다.

"일단 이쪽입니다."
위드는 영상에서 봤던 지형을 떠올리며 길을 인도했다.
기사들과 근위대 병사들이 그들을 저지하기 위하여 등장

했지만 자하브의 검은 인정사정없었다.

위드는 자신이 죽으면 안 되기에 적당히 멀리 떨어져서 눈치만 봤다.

다행히 자하브의 신위가 너무 대단하여 적들은 그쪽으로만 달려들었기에 위드는 상대적으로 조금 안전했다.

'잘됐군.'

자하브가 너무 잘 싸워 주어서, 위드는 조각 부활술을 썼던 게 조금도 아깝지가 않았다.

조각 부활술로 역사적인 영웅 중에 더 강한 이를 불러낼 수도 있었겠지만, 이렇게 적극적으로 협력해 주고 죽음도 아까워하지 않고 싸워 줄 사람은 없다.

게다가 솔직히 자하브와는 같이 죽어야 할 정도로 특별한 인연도 아니다.

최악의 경우에는 왕실 기사들이나 흑마법사들이 그에게 집중하는 사이에 혼자서 몰래 빠져나가면 되지 않겠는가.

'뭐, 광휘의 검술을 가르쳐 주고, 달빛 조각사라는 공통의 직업을 가지고 있기는 하지만 이 바닥이 다 그렇고 그런 거지.'

민들레 홀씨보다 가벼운 의리와 도덕심.

암살자보다 무시무시하다는 조각사의 동업자 정신!

"광휘의 검술!"

자하브의 광휘의 검술은 커다란 시조새들이 떼거지로 나

타나서 주변을 몽땅 휩쓸어 버리는 것이었다.

기사들과 병사들까지도 모조리 제압해 버렸다.

"과연… 승리를 믿어 의심치 않았습니다. 그럼 다음 장소로 계속 가지요."

아무리 대단한 자하브라도 그 과정에서 부상을 조금 입고 체력도 좀 떨어졌지만, 그들에게는 쉴 틈이 없었다.

위드는 여섯 번의 전투를 구경하며 탑을 향하여 계속 움직였다.

구경할 때만 주변을 살피며 조심하는 게 아니라 체력이 약한 만큼 뛰는 것조차도 신중하게 해야 했다.

"비상! 비상이다!"

"적들의 기사단을 막아 내기 위해 모두 남쪽 문 앞으로 모여라!"

라움 왕국의 기사단이 내성으로 진입하여 오고 나서는 왕성의 병력도 기민하게 움직였다.

전투가 내성의 입구에서 벌어지려는지, 병력이 이동을 했다.

위드와 자하브는 미리 기둥 뒤나 건초 더미, 수통을 쌓아 놓은 장소에 숨어서 병력이 이동하고 난 후를 노렸다. 퀘스트는 무사히 서윤을 구출하면 되는 것이지 굳이 불필요한 전투를 하며 왕성을 정복하는 건 아니기 때문이다.

"저곳입니다."

위드는 자하브와 같이 탑이 정면으로 보이는 길목까지 도착했다.

"척 보기에도 만만치 않은 놈들이군. 오랜만에 싸워 봄 직한 상대를 만났어."

자하브가 탑의 입구를 쳐다보고 나서는 중얼거렸다.

탑의 입구를 지키는, 흑마법을 숭배하는 왕실 기사들은 매우 무섭다. 오로지 국왕과 최측근의 흑마법사들만 탑으로 통과를 허락시켜 줘서, 노들레도 그들을 뚫지 못하고 많은 시간을 소모했다.

레벨은 영상을 통해서 봤을 때 400대 중반 정도로 추정이 되지만, 흑마법으로 강화되어 있어서 백마법이나 신성력으로 정화하지 않는 한 거의 불사의 존재들!

라움 왕국의 기사단이 절묘하게 들이닥치지 않았더라면 노들레는 아슬아슬한 기회를 얻지 못하였으리라.

그렇지만 탑으로 들어간 그 후로도 마물들이 많이 있어서 더 이상 올라갈 수가 없었다.

두 번이나 죽을 뻔하고 나서 노들레가 발휘한 꾀는, 깎아지른 듯한 탑의 벽을 타고 이동하는 것이었다.

평소라면 당연히 들킬 수밖에 없지만, 내성에서 전투가 벌어지는 마당에는 의외의 허점이었다.

궁수탑 위의 병력은 전부 외부의 적들을 향해 공격을 퍼붓느라 탑을 기어오르는 노들레를 발견하지 못했다. 물론 그 시간이 다소 짧은 덕도 있었지만 아슬아슬한 상황이 없었던

것도 아니었다.

위드는 노들레와 비교해서 시간대는 이미 30분 정도는 더 빠르다고 속으로 계산했다.

위기의 순간에 그 정도의 시간은 아주 큰 자산이 되리라.

"저놈들은 놔두고 옆 건물로 가죠."

흑마법사들의 전당!

흑마법과 관련된 책과 연구 자료가 있는 장소로, 초급 흑마법사로 전직도 가능했다.

위드와 자하브는 지금은 비어 있는 건물로 가서 계단을 올라갔다.

"그리고 이걸 사용해서……."

노들레의 영상을 보고 나서 미리 준비해 온, 끝에 갈고리가 달린 밧줄!

서윤이 갇혀 있는 탑의 중턱에 걸어서 거기까지 단번에 올라가려는 계획이었다.

이것이 성공만 한다면 7층의 탑 중에서 5층까지 가볍게 올라갈 수 있으리라.

5층과 6층 그리고 7층의 비밀 열쇠 구하는 법까지도 영상에서 몽땅 봤으니 오히려 거기서부터는 일이 조금 쉬워진다.

가장 위험하고 변수도 많은 외성과 내성에서의 잠입이 무사히 끝난 것이다.

"걸려라!"

위드는 갈고리가 달린 밧줄을 빙빙 돌리다가 탑을 향하여 던졌다. 그리고 잠시 후 팽팽하게 연결된 느낌이 났다.
"먼저 가겠습니다."
위드는 발을 딛고 올라가기 좋게 미리 중간 중간 매듭을 묶어 놓은 밧줄을 타고 위로 향했다.
목적지는 탑의 5층이었지만 일반적인 건물들과는 높이가 달라서 상당한 거리가 있었다.
쿠아아아아아앙!
무언가 날아오는 듯한 기분에, 왼쪽으로 고개를 돌려 보았다.
공성 무기에서 쏘아 낸 이글이글 타오르는 커다란 불덩어리가 시커먼 연기의 꼬리를 흘리면서 날아오고 있었다.
"아이고!"
위드는 몸을 줄에 바싹 붙였다.
불덩어리는 아슬아슬하게 스치고 지나가서 내성의 아래를 타격했다.
"죽을 뻔했네."
위드가 시야가 탁 트인 줄 위에서 잠시 뒤를 돌아보았다.
"사, 살려 줘!"
"코르사 보병대는 동쪽 성벽을 장악하라!"
"포르투 왕국의 포로는 받아들이지 않고 모조리 참수한다!"
외성에서는 병사들의 비명이 끊이지 않았으며, 공성 무기

들은 한참 전진해서 내성을 향하여 불덩어리들을 쏘아 내고 있었다.

외성과 내성 곳곳에 불길과 연기가 피어오르면서 왕성을 차분히 붕괴시켜 나가고 있는 중이었다.

아름다움과 수비력으로 손꼽히던 포르투 왕성은 역사적으로 보면 이날 완전히 파괴되어 잔해들만이 남았다.

노들레는 내성으로 오면서 무너지는 천장과 건물에 깔려서 죽을 뻔도 하였지만, 그에 비해서 위드는 상당히 편하게 벌써 탑을 올라가고 있었다.

위드가 잠깐 멈춘 사이에 자하브가 밧줄을 잡고 밑으로 따라 올라왔다.

"어서 가죠."

하늘에는 기괴하게 생긴 비행 몬스터들도 날아다니기 시작했다.

흑마법사들이 본격적으로 소환하여 불러낸 마물들!

끼릿끼리리릭!

시커멓고 머리와 다리가 긴 비행 마물들이 위드와 자하브를 발견하고 다가왔다.

너무 일찍 와서 벌어지게 된 위험이었다.

"아직까지 절반도 오르지 못했는데."

위드는 밧줄을 잡고 힘겹게 매달렸다. 힘과 체력이 약하다 보니 밧줄을 타고 오르는 것조차도 쉽지가 않았다.

낮은 생명력이야 말할 것도 없으니 비행 마물들이 부리로 조금만 쪼아 대거나 낚아채서 하늘에서 떨어뜨리면 그대로 사망!

"내가 시간을 끌어 주지. 그사이에 올라가게. 어떻게든 연인을 만나서 구출하려면 자네가 살아야 하네."

시키지도 않았는데 자하브가 알아서 나섰다.

"광휘의 검술!"

밧줄에 매달려서 불안한 자세로 시전한 스킬이었지만, 빛의 맹금류들이 나타나서 비행 마물들의 접근을 막았다.

'역시 자하브로군.'

이런 상황까지 감안하여 자하브를 데려오진 않았다.

자장면을 시켰더니 짬뽕까지 덤으로 온 것 같은 상황!

위드는 전투에는 신경 쓰지 않고 밧줄을 잡고 차근차근 올라서 탑의 5층에 도달했다.

"역시 아무것도 없군."

텅 빈 복도.

이제부터 서윤과의 사이에는 장애물 두 가지만이 남았다.

함정과, 열쇠를 가진 보초병!

노들레는 함정에서도 죽음의 위기를 넘겼고, 보초병에게는 가진 걸 다 줘서 매수를 했다.

포르투 왕국이 망하기 직전이 아니었더라면 매수가 불가능하였을 테지만, 잘 설득을 해서 보석들을 주고 열쇠를 얻

어 냈다.

 노들레에게는 그렇게나 어려웠던 퀘스트였지만 위드는 벌어질 사건들과 지형을 이미 알고 있었고, 조력자 덕분에 쉽게 도착했다.

 잠시 후 자하브도 따라서 들어왔다.

 끼릭.

 끼리리릭!

 비행 마물들이 탑으로 들어오기에는 틈새가 너무 좁아서, 놈들은 몇 번 머리를 비집고 들어오려는 시도를 하다가는 다른 적들을 향하여 날아가 버렸다.

 "가시죠!"

 함정들의 위치는 정확히 알고 있었다.

 노들레는 위험을 무릅쓰고 함정을 파훼했는데, 그가 건축과 기계장치의 조예가 높아서 가능했던 부분이었다.

 "잠깐!"

 위드는 함정이 있는 통로에서 자하브와 같이 멈췄다.

 "조심해야 할 것 같습니다. 여긴 심상치 않습니다."

 "아무것도 없는데. 어서 가세."

 "음, 큰 위험은 드러나지 않는 법이지요. 제 건축 설계 지식을 바탕으로 이 탑의 내부 구조를 유추해 보면……."

 위드는 돌벽을 손으로 어루만졌다.

 "아무래도 독을 바른 강철 침을 쏘는 벽이로군요. 음, 여기서 이 벽돌을 빼면…….”

 노들레가 했던 행동을 그대로 따라서 했다. 그러자 톱니바퀴가 움직이는 소리가 작게 나면서 함정이 해제되었다.

 "이렇게 안전해지는 것이지요."

 "과연 대단하군."

 "조각사로서 기본이라고 할 수 있지 않겠습니까. 계속 가시죠."

 함정이 나타날 때마다 잘난 척을 하며 해체!

> –함정을 무력화시켰습니다.
> 함정 해체 스킬이 생성됩니다.
> 지식이 1 오릅니다.

 주로 도둑과 발굴가가 얻는 스킬도 획득했다.

 물론 위드가 몸 상태만 정상이라면 그다지 쓸모가 있는 기술은 아니었다.

 던전 사냥을 하다 보면 몬스터들을 도주하게 하여 앞쪽에 함정이 발동되는지 확인하는 방법도 있고, 혹은 반 호크를 부려 먹거나 그냥 몸으로 맞아 주더라도 웬만하면 거뜬했다.

 "아아, 불안해. 포르투 왕국이 이렇게 침략을 당하다니… 무너져 버리는 것은 아닐까? 그러면 앞으로 나는 어떻게 살아야 하지?"

 탑의 7층에는 고뇌하는 꼽추 보초병이 있었다.

노들레는 그에게 있는 돈 없는 돈 다 줘서 설득했지만 위드는 그러지 않아도 되었다.

"자하브 님."

"왜 그러는가."

"저 녀석 죽여 주세요!"

그저 자하브에게 해치워 달라고 부탁을 하면 될 뿐!

"죽여 버리기에는 좀 약한데. 몸도 성치 않은데 불쌍하지 않은가."

"일신의 영달을 위하여 앞잡이 노릇을 하고 있는 놈입니다. 저놈 때문에 얼마나 많은 선량한 사람들이 눈물을 흘리고 희생을 당했는지……."

서걱!

잠시 망설이던 자하브도 어차피 흑마법사들의 하수인일 뿐이라고 생각하며 가뿐히 베어 버리고 말았다.

사실 꼽추 보초병은 겉보기보다는 순박한 청년으로, 가족들을 먹여 살리기 위하여 이곳에서 열쇠를 관리하는 임무를 맡았다.

하지만 그런 사연들을 이야기할 틈도 없이 자하브에 의하여 죽임을 당했다.

그를 죽인 이는 자하브지만, 실상 뇌물로 줘야 할 1,400골드 정도가 아까워서 죽이도록 시킨 사람은 위드였다.

-54호 열쇠를 습득하셨습니다.

 서윤이 갇혀 있을 감옥의 열쇠도 획득!
 다른 열쇠도 30여 개를 얻어 냈지만, 대부분 빈방이거나 혹은 구제 불능의 실패작들을 모아 놓은 장소들이다.
 포로를 구출하면 탈출에 도움이 되기도 하지만, 마법 실험체들은 대부분 이성이 없는 경우가 많아서 공격을 받을 수도 있으니 놔두는 편이 나았다.
 "여기입니다."
 위드는 열쇠를 54호 철문에 넣고 돌렸다.
 철컹.
 철문의 잠금이 열렸다.
 "지금 구하러 왔어!"
 위드는 철문을 열려다가, 자하브에게 그 일을 대신 맡겼다.
 오래 살기 위해서는 위험한 일을 남에게 잘 미루어야 하는 법!
 다행히 철문 안에는 몬스터나 포르투 왕국의 기사, 흑마법사는 없었고 서윤이 혼자서 갇혀 있었다.
 하지만 그녀의 곱고 광택이 흐르던 피부는 완전히 검은색으로 바뀌어 있었다. 피부가 다크 엘프들보다도 검게 변해 버린 것이다.
 "이게 뭐야. 햇볕에 아무리 그을려도 이런 피부는 안 될

텐데."

위험이 없음을 확인한 위드는 망설임 없이 서윤에게 가까이 다가갔다.

띠링!

> **힐데른의 구출 완료**
> 힐데른은 다행히 아직 살아 있다. 하지만 포르투의 국왕은 이미 그녀를 마족을 위한 제물로 삼아 버리고 말았다.

"이 무슨… 일이 왜 이렇게 된 거야."

위드는 어처구니가 없었다.

틀림없이 그는 노들레가 힐데른을 구했던 바로 그 날짜에 왔다. 도착 시간만 놓고 본다면 오히려 더 빠르다고 할 수 있었다.

그런데도 이미 마법 실험의 제물이 되어 버리고 말았다니!

그때 위드의 머릿속을 스치고 지나가는 생각.

'설마 노들레도 힐데른을 구하지 못했던 것일까?'

노들레와 힐데른의 이야기가 어찌 되었는지 정확히 아는 사람은 아무도 없다. 대부분의 연애가 그렇듯이 불행하게 끝났을 거란 추측도 충분히 가능하다.

그때 위드의 눈앞에 짧은 영상이 흘러나왔다.

만신창이가 되어서 탑의 꼭대기에 도착하여 철문을 연 노들레!

그는 갇혀 있는 힐데른을 보고 오열했다.

"내가… 내가 너무 늦었구나."

노들레는 힐데른을 등에 업었다.

"그래도 아직 끝난 게 아니야. 네가 살아 있고, 나도 살아 있으니까. 끝까지 포기하지 않을 거야. 차라리 내가 마족의 제물이 되더라도 너를 살리고 말겠어."

그러고 나서 노들레는 힐데른을 업고 문밖으로 나갔다.

띠링!

힐데른을 위하여

힐데른의 몸에서 마족이 깨어나는 걸 막아야 한다.
대륙 최고의 성자 아헬른에게 가야 하지만, 마족은 그에게 가기 전에 눈을 뜨고 말 것이다.
시간을 벌기 위한 방법은 마족 소환의 의식을 방해하는 것.
그것을 위해서는 힐데른의 정신력과 생명력을 봉인하고 있는 구슬을 파괴해야 한다.
포르투의 국왕이 소유한 봉인의 구슬을 부순다면 힐데른은 온전한 정신을 가지고 깨어날 수 있을 것입니다.
난이도 : 조각술 최후의 비기 퀘스트
퀘스트 제한 : 동료는 퀘스트가 끝날 때까지 깨어나지 못합니다.
　　　　　　5시간 후 동료가 마족으로 변하면 퀘스트 실패.

> ***주의**
> 마족이 강림하면 무차별 파괴를 저지르며 라움 왕국과 동맹국들을 격퇴하게 될 것이며, 베르사 대륙의 역사에도 중대한 변화가 발생하게 될 것입니다.
> 이후 마족의 강대한 세력이 대륙에 나타나고, 포르투의 국왕은 줄어들지 않는 생명력을 얻어 계속 살아 있게 됩니다.

 이제 여기서 퀘스트가 실패하면 마족이 강림하게 된다. 그리하여 그 후의 베르사 대륙의 역사가 송두리째 바뀌는 것이다.
 그 영향은 위드가 있던 원래의 베르사 대륙에도 미쳐, 마족과 포르투 왕국이 등장하게 된다.
 위드의 퀘스트로 인하여 대륙 전체에 엄청난 우환덩어리가 생겨나게 되는 셈!
 피해를 입는 왕국들과 유저들이 부지기수일 테니 엄청나게 거센 비난이 일어날 것이다.
 "뭐, 다행인 점은, 여기가 북부는 아니니까."
 그래도 남의 일이기에 위드는 부담이 덜했다.
 포르투 왕국이 라움 왕국과 다른 동맹 국가들까지 집어삼키면 그 영역은 현재의 하벤 제국에까지도 미치게 된다.
 대륙 정복을 위해 군대를 퍼트린 헤르메스 길드에 심각한 타격을 줄 수 있는 일.

하지만 그걸 위하여 일부러 퀘스트를 실패할 수는 없었다.

그보다도 갈수록 점점 커지는 퀘스트의 내용에 황당함이 느껴졌다.

섬에서 오붓하고 평화롭게 잘 지내던 커플이 야반도주를 하고 나서 겪는 모험이 이렇게까지 거창해지다니.

위드는 왠지 남 일 같지가 않았다.

연인들끼리 만나서 연애를 잘하더라도 결혼을 하려면 혼수며 예단, 결혼식 비용, 신혼여행 그리고 전셋집까지도 마련해야 한다.

누구나 적당한 짝을 만나서 살 수 있으리라 막연하게 생각을 하지만 정작 그 중간 과정들은 만만치가 않은 것이다.

거기에 사랑의 결실이라고 할 수 있는 아이까지 하나둘 낳기 시작하면, 이건 삼겹살이나 돼지갈비도 마음 놓고 먹을 수가 없는 수준.

위드는 나중에 애를 낳게 될 상황에 대해 미리 각오도 하고 있었다.

'마당에 돼지도 3마리 키워야지.'

식비 절감을 위한 가축 사육!

"지금까지는 왕성을 빠져나갈 생각만 했는데 이제 정신력과 생명력을 봉인한 구슬까지도 파괴해야 하는군."

지금까지의 어려움은 맛보기에 불과할 수도 있겠다는 예감이 강하게 들었다.

"으흠, 음, 그런 식으로……."

유병준은 위드의 모험을 보면서 계속 감탄을 터트렸다.

행동들 자체는 단순했지만 상황이나 지형, 시간대를 계산하여 공략한 계획들이었다.

"과연 전쟁의 신 혹은 모험의 왕이라고 불리는 이유가 있었던가."

마법의 대륙 시절은 제외하더라도 로열 로드에서 위드가 겪은 모험들만 하더라도 대단했다.

쌓이고 쌓인 지식과 경험을 바탕으로 하여 힐데른의 역을 하고 있는 서윤을 찾아내고야 말았다.

그런데 오히려 일은 이제부터가 재미있어진다.

봉인의 구슬을 깨뜨리기 위해서는 왕성을 탈출하는 게 아니라 더 큰 위험의 중심지로 뛰어들어야 한다.

무너지고 있는 왕성에서 포르투의 기사들과 흑마법사 그리고 라움 왕국 기사단과의 대결에 들어가야 하는 것이다.

누구나 죽을 수밖에 없는 상황에서 악착같이 살아남아야 하는데, 그건 정말로 어렵다.

시간의 모래가 남아 있긴 하지만 이제는 쓰더라도 의미가 없었다.

위드가 지금까지 한 작은 행동들이 모여서 이미 노들레가 겪었던 상황들과는 많이 달라졌기 때문이다.

"어쩌면 오늘 조각술 최후의 비기 퀘스트가 실패로 끝이 나겠군."

유병준은 잠시도 모니터에서 시선을 뗄 수가 없었다.

잠깐 한눈이라도 파는 사이에 도망치던 병사가 위드를 발견하고 덜컥 칼이라도 찔러서 죽이게 될지도 모른다.

자하브가 있기에 그런 상황이 쉽게 벌어지지야 않겠지만 그가 기사들을 막다 보면 위험한 일이 생기지 말란 법도 없다.

심지어 천장에서 떨어진 돌덩어리에 맞아서 위드나 혹은 서윤이 사망할 수도 있지 않겠는가.

삐삐삑.

그때 뒤편의 모니터에서 알람이 울렸다.

유병준은 돌아보지도 않고 인공지능을 향해 물었다.

"무슨 일이냐."

-주식회사 유니콘의 정기 이사회가 소집 중입니다. 몇몇 사외 이사들이 현금 배당을 더 늘리라는 안건을 제시하였고, 기업 경영에도 간섭을 원하고 있습니다.

"경영진의 반응은?"

-곤란해하고 있습니다. 유니콘 사의 보유 자금은 아주 넉넉한 편이지만 투자 계획이나 신규 사업 진출에 차질을 빚게 되지 않을까 우려하고 있습니다. 외국계 사외 이사들은 정치계와 국내외

언론을 통한 여론 조성을 압박 수단으로 삼고 있기에 거절하기 어려운 면이 있습니다.

주식회사 유니콘의 성장률에 외부의 기업인들과 경제 전문가들만 놀란 건 아니었다.

소속 임원들과 직원들 역시 로열 로드의 기술력과 매출액, 흑자 규모에 대하여 경악을 금치 못했다.

다른 일반 기업들과는 차원이 다른 금액으로, 회계 보고서를 믿기 어려울 정도였다.

유니콘 사에서는 화학, 로봇 개발, 친환경, 신소재, 중공업, 전자, 금융, 통신, 바이오, 제약에서도 공전의 성공을 거두고 있었다.

그러면서 정치계를 비롯해 갈수록 온갖 날파리들이 꼬였다.

"귀찮은 짓을 하는군. 그들이 영향력을 가진 주식이 어느 정도지?"

-24.81% 정도로 추정됩니다.

주식회사 유니콘의 지분이 상장된 것은 총 주식 수량의 36% 남짓.

나머지는 전 세계에 걸친 단체와 법인 들을 통해 유병준이 소유하고 있었다.

유니콘 사의 주식 약간을 A라는 회사가 가지고 있다면, 이 회사의 실질 소유주는 B라는 단체라고 알려져 있거나 상장 자체도 되지 않은 개인기업이다.

하지만 그 B라는 단체나 개인기업은 또 C라는 회사에 의하여 관리가 되고 있고, C는 D라는 큰 기업의 계열사다.

 그런데 D라는 기업도 얼마 전에 E라는 회사에 경영권이 인수되었는데 그 정체는 사실상 투자 목적 회사나, 투자자가 알려져 있지 않은 사모 펀드, 조세 피난처에 있는 페이퍼 컴퍼니였다. 그리고 그 최종적인 주인은 유병준이다.

 눈덩이를 굴리듯이 숨어 있는 단계를 늘려 갈수록 운영되는 재산은 천문학적으로 늘어 갔다.

 결국 유니콘은 유병준에 의하여 철저한 독재가 이루어지고 있었다.

 "사외 이사들을 파견한 모기업들이나 은행들을 좀 흔들어 놓도록 해. 쓸 만한 곳이 있다면 유니콘 사에서 역으로 인수를 하도록 하고."

 ―진행하겠습니다. 작업에 대한 결과물은 3개월 후에 보고하겠습니다.

 인공지능은 로열 로드의 원활한 운영만 관장하는 것이 아니었다. 유니콘 사의 회사 시스템을 비롯하여 전 세계의 정치와 경제 상황, 군대의 움직임, 교통망, 통신, 인터넷을 지켜보고 있다.

 무엇을 시키더라도 인공지능은 금방 최선의 해답을 찾아냈다.

 ―그리고 사소한 문제가 또 발생했습니다.

"또 무엇이지?"

한창 위드의 영상을 보는 와중인지라 유병준은 조금 짜증이 났다.

보통 어지간한 문제들은 유니콘 사의 경영진과 인공지능이 알아서 해결을 할 수 있다. 하지만 유병준에게까지 직접 말을 한다는 건 판단이 필요한 사안이거나 그가 알아야 될 문제이기 때문이라는 뜻이다.

-위드 개인의 사생활에 대한 부분입니다.

인공지능은 이현이 살고 있는 집을 실시간 화면으로 띄웠다.

"꽤 괜찮게 해 놓고 사는군."

유병준도 이현의 집은 처음 봤다.

마당이나 텃밭에는 과일 나무와 채소 들이 잘 자라고 있었다. 공중에서 보면 비싼 조경수 대신에 탐스러운 배나무들이 유독 눈에 띄었다.

아파트에 살지 않는다면 누구나 저런 주택에서 거주하고 싶은 마음이 들 것이다. 관리가 조금 불편하겠지만, 자기 집의 편안함도 누릴 수가 있을 것이기 때문.

화면은 곧 집 근처에 주차되어 있는 검은색 자동차로 집중되었다.

-감시자들이 있습니다.

"누구지? 여자 친구의 부모가 시킨 건가?"

이현에 대한 서윤 아버지의 반대가 제법 심하다는 사실도 알고 있었다.

로열 로드의 상위권 랭커들.

유병준의 관심을 받는 이들은 특별 관리 대상이었다.

이현의 집 근처와 한국 대학교에는 감시 카메라가 셀 수도 없이 배치되어 있고, 정원에는 초소형 무인정찰기가 날아다녔다.

파리처럼 조용히 날아다니고 때로는 벽에 붙어 있기도 했으며, 이현이 살충제를 뿌리면 땅에 떨어져서 죽은 척까지 하는 최첨단 무인정찰기들이었다.

-명동을 근거지로 한 사채업자들입니다.

"그런 놈들이 왜 감시를 하지?"

-그들은 과거…….

인공지능은 사채업자들의 현재 통화 내용을 감청하여 알아낸 정보들을 바탕으로 이현과의 오래된 악연에 대해 설명을 했다.

"그렇다면 현재는 그들과의 관계는 끝난 게 아닌가?"

-한동안은 그랬습니다. 하지만 최근에 사채업자들이 채무자들의 노동력을 밑천으로 삼아 로열 로드에 뛰어들었습니다.

로열 로드에 작업장을 만들어서 다크 게이머들을 고용하고 있다는 내용이었다.

그러던 와중에 한때 마법의 대륙에서 최고였던 이현에 대

해서도 생각이 미치게 되었고, 최근에 그가 전쟁의 신 위드가 되었다는 사실까지도 알게 되었다고 한다.

사채업자들은 이현을 대상으로 악랄한 작업을 설계 중이었다.

"불쾌하군."

유병준은 자신만의 계획에 방해꾼들이 등장한 게 기분이 좋지 않았다.

베르사 대륙이 열리고 어쩌면 가장 위대한 업적을 이현이 달성하느냐 마느냐 하는 중요한 과정에 있었다. 이런 일에 관용을 베풀 정도로 그의 성격이 좋지는 못했다.

"치워 버려. 다시는 내 귀에 들어오는 일이 없도록 처리해."

사채업자 조직의 운명이 결정되는 순간이었다.

무너지는 성

위드는 서윤을 직접 등에 업었다.

자하브는 앞장서서 전투를 치러야 하니 떠넘기는 게 오히려 더 위험했기 때문이다.

"국왕의 집무실로 갈까? 아니야. 흑마법사라면 마법 연구실 같은 곳이 있을 텐데. 하지만 전쟁이 벌어진 마당에 그곳에 있으리란 보장도 없지."

포르투의 왕성은 오늘 내로 무너진다.

역사적으로 봐서 틀림없는 사실이지만, 서윤에게서 마족이 깨어난다면 그 역사는 완전히 뒤집히게 되리라.

위드는 그런 일이 발생하기 전에 이 넓은 왕성에서 국왕의 소유인 봉인의 구슬을 찾아내야 했다.

물론 그냥 찾아내기만 해서 될 일이 아니고, 지키는 이들을 몽땅 물리치고 국왕에게서 빼앗거나 파괴하고 그 후에는 무너질 왕성도 안전하게 벗어나야 했다.
"이거야말로 해변에서 수표 찾는 격이군."
웬만큼 운이 좋아서는 불가능한 일!
최근에 <불가능한 심부름>이란 영화가 인기를 끌고 있는데 그에 못지않은 난이도인 건 분명하다.
시간의 모래를 써서 노들레의 영상을 보는 것도 의미가 없었다. 이미 노들레가 침입했을 시간대와는 차이가 있었고, 그를 따라서 퀘스트를 진행했더니 서윤에게서 마족이 깨어날 판이 아니던가.
"나도 그렇지만, 노들레도 재수라고는 진짜 지독하게 없어. 어떻게 인간이 잘 풀리는 일이라고는 하나도 없냐."
노들레의 영상을 볼 수 있는 시간의 모래가 오히려 함정으로 작용할지도 몰랐기에 스스로의 판단으로 부딪쳐 보기로 했다.
다만 희망적인 면이라면, 국왕은 흑마법사였다. 대부분의 마법사들이 그렇듯이 육체적으로는 나약한 편이다. 좋은 기회를 틈타서 가까운 곳에서 기습을 가한다면 약간의 희망은 있었다.
"자하브 님."
"음, 말하게."

"라움 왕국의 기사들을 몇 명만 먼저 제거해야겠습니다."
"이유는?"
"놈들은 이 왕성의 지도를 갖고 있을 겁니다."

왕성에서 일하거나 살아가는 이들은 따로 지도가 필요하지 않다. 하지만 이곳으로 침입하여 흑마법사들을 처리하려고 하는 라움 왕국의 기사단은 지도를 갖고 있을 거라는 판단!

그다음 계획은 지도를 보고 국왕이 있을 만한 적당한 장소를 찍는 것이었다.

'아마도 어딘가에서 침입자들과 싸우며 마족이 깨어나기만 기다리고 있겠지.'

왕성이 넓고, 또 잘못 가게 되면 다시 돌아오기가 어렵다. 길이 무너질 수도 있으며, 마족이 그 전에 깨어나 버리게 될 수도 있기 때문이다.

기사단의 행동이나 흑마법사들이 모여 있는 장소 등을 알아보고 눈치껏 상황을 봐야 했다.

"불이야!"
"꺄아아악!"
"벽이 무너진다!"

탑을 내려와서 내성으로 들어가니 시종들과 시녀들이 뛰어다니면서 난리법석이었다.

천장과 연결되어 있는 두꺼운 기둥이 쓰러지면서 병사들이 깔리고, 벽에 장식된 그림 액자가 불에 타며 쓰러졌다.

'지금이 시간상으로 노들레가 막 내성에 들어왔을 때로군.'

왕성에는 포르투의 근위대 병사들이 많았지만 위드와 자하브, 서윤은 상관하지 않고 그들끼리 어딘가로 뛰어다니기 바빴다.

무너지는 왕성, 침입한 라움 기사단에 비하여 우선순위가 떨어지는 탓이리라.

위드는 서윤을 업은 채로 불타기 시작한 복도를 달렸다. 그러다가 갑자기 멈췄다.

"잠깐만요."

"왜 그러는가."

"도망치는 시종들과 시녀들이 오른쪽으로는 가지를 않네요."

왕성 내에서 도주하는 사람들이 오른쪽 복도로 가지 않고 모두 왼쪽으로만 향하고 있었다.

화재와 붕괴의 위험이 있기 때문에 당연히 그럴 수 있다고 무심코 생각하기 쉽지만, 오히려 그 반대였다.

"저쪽이 더 금방이라도 무너질 것 같고, 라움 왕국의 기사단도 침입했다는 고함이 들렸는데요."

"그런 것 같군."

절체절명의 순간, 위드는 본능을 따르기로 했다.

"우린 오른쪽으로 갑니다."

전부 왼쪽으로 갈 때에는 이유도 모르고 덩달아서 가게 되

는 게 사회생활의 이치.

 하지만 목숨과 퀘스트가 걸려 있는 상황이라서 오른쪽을 택하기로 했다.

 '조금만 가 보자. 최악의 경우에는 서윤이 죽고 마족이 깨어나서 난장판을 치는 정도겠지.'

 무너지는 왕성에서 내릴 수 있는 판단이야 어차피 이판사판!

 다만 뒤늦게 드는 후회도 있었다.

 '노들레보다 시간적으로 너무 일찍 여기까지 왔어. 그가 어쨌든 봉인의 구슬을 없앴다면… 아마 그가 힐데른을 구해서 올 때에는 무너진 계단이나 막혀 있는 복도가 더 많아서 헤매지 않아도 되었겠지.'

 넓은 왕성에서 폐쇄된 구역이 많아진다는 의미는 가야 할 장소도 적어진다는 뜻.

 괜히 일찍 와서 왕성의 수색 구역만 더 넓어진 면도 있었다.

 "침입자들! 이곳은 몇몇 사람들을 제외하고는 금지된 곳이다."

 "폐하의 명령이 있었다. 침입자는 전부 죽여라!"

 불길을 넘어서 왕실 기사들이 5명이나 복도를 지키고 있었다.

 위드는 서윤을 업고 뒤로 물러났다.

"자하브 님!"

"내가 해치우도록 하지. 폭풍 연속 베기!"

자하브가 앞으로 뛰쳐나가며 스킬을 시전했다.

그가 쓰는 스킬 중에는 효과가 뛰어난 것들이 정말 많았다.

"크헉!"

"매우 강하다. 조심해라!"

포르투의 왕실 기사들을 압도적으로 밀어붙였다.

자하브의 검은 막히더라도, 작은 폭풍처럼 위력이 발생하여 왕실 기사를 에워싸 버린다.

빛과 바람이 형성하는 화려한 효과!

"무거운 땅의 기운이 검에 깃들어라. 땅의 검술!"

자하브는 땅의 힘도 사용했다.

그의 검에 베인 적들은 체중이 5~6배는 더 무거워진 듯이 빨리 움직이지를 못했다.

"해치웠군. 가지."

"고맙습니다."

자하브 덕분에 왕실 기사들의 봉쇄를 손쉽게 뚫어 냈다.

그는 적들을 빠르게 처리하면서도 위드에게는 손끝 하나 건드리지 못하도록 안전하게 지켜 줬다.

괜히 검술의 마스터가 아니라서, 일부러 데려온 보람이 있었다.

하지만 전투를 보면서 생각의 변화가 계속 일어났다.

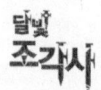

'여기까지 와서 고생을 해 주다니 고맙군.'
'전투 실력이 참 대단하단 말이야.'
'자하브가 없었다면 이 퀘스트는 정말 얼마나 힘들었을까.'
'엇, 저건 포르투 왕실 기사 갑옷! 가져가기만 하면 골동품인데. 수집가들한테 팔면 돈이…….'
'허억, 보석들이 쏟아진다.'
'또 아이템이 나왔군. 몽땅 자하브 거야. 이런 지지리 복도 없는 녀석.'
'그러고 보면 자하브한테 감사해야 할 필요가 없지. 고생고생 해서 공헌도나 친밀도를 올린 만큼 부려 먹는 거니까. 주는 만큼 받는 것뿐이지.'
'어이쿠, 이번엔 기사가 8명이나 있군. 카이트 쉴드를 들고 있는 기사도 있으니 간단히 처리하긴 어렵겠어. 더 강한 놈을 데려왔어야 하는 건데.'
'저런 쓸모없는 놈.'

자하브는 잘 싸우고 있었는데도 시기와 질투로 인한 감정 악화!

"다 해치웠으니 가자."
"어, 그래."

위드는 서윤을 업고 뛰어가기도 힘들었다.

"침입자! 감히 이곳에 들어오다니 간도 크구나!"

이제는 어두운 로브를 착용한 흑마법사들이 4명이나 나타났다.

 흑마법사들만큼 공격 마법이나 저주 마법에 능숙한 이들은 없다. 다른 직업의 저주는 그럭저럭 견디더라도, 제물을 바쳐서 발휘되는 흑마법사들의 저주는 어지간한 저항력으로는 버티기가 힘들다.

 하물며 위드는 현재 떨어지는 낙엽도 조심해야 할 판국이었다.

 "놈들이 마법을 쓰기 전에 해치워야 됩니다!"
 "알았다."
 "저기 오른쪽 놈부터 먼저 없애세요!"

 자하브는 검을 던졌다.

 무시무시한 빛을 일으키며 날아간 검은 막 주문을 준비하던 흑마법사의 몸을 관통하여 벽에 꽂혔다.

 자하브는 앞으로 뛰어나가며 손을 검처럼 세웠다.

 "달빛 조각 검술!"

 검을 이용하여 스킬을 시전할 때처럼 손에서 빛이 일어났다.

 달빛 조각 검술도 마스터했기 때문에 발휘할 수 있는 능력.

 자하브는 빛줄기들을 자유자재로 활용하며 흑마법사들을 향해 퍼부었다.

 "울부짖는……."

 흑마법사들이 마법 주문을 완성하면 전쟁에서는 굉장한

위력을 발휘하고 또 개인으로 싸우더라도 절대 무시하지 못할 만큼 강하지만, 이곳은 비좁고 가까운 통로였다.

자하브가 빠르게 달려가서 빛의 검으로 공격하니 흑마법사들은 제대로 실력 발휘를 하지 못하고 죽었다.

자하브가 검을 회수하며 중얼거렸다.

"음, 이런 곳에 흑마법사들까지 있다니… 너의 말대로 과연 대단한 곳이군."

"알았으니까, 가자. 로브까지 먹으니 좋냐?"

"뭐라고?"

"아무것도 아닙니다, 자하브 님. 어서 가시죠!"

흑마법사들까지 보초를 서고 있는 통로를 계속 돌파!

기사들과 흑마법사들이 조합을 이루고 있는 장소에는 자하브 먼저 투입을 시켜서 해치우도록 했다.

위드는 항상 전투의 선봉에서 직접 해결을 했지만 지금만큼은 자하브가 이겨 주기를 바라는 수밖에 없었다. 또한 다른 적들이 나타나더라도 저항할 능력이 매우 부족하므로 가슴을 졸이며 기다려야 했다.

"아무래도 그냥은 안 되겠군."

위드는 만약을 대비하여 조각술 스킬을 한 가지 더 시전하기로 했다.

"아깝지만, 안 쓰다가 뒤늦게 후회하는 것보다는 낫겠지."

원래의 시간대로 돌아가서 챙겨 온 걸작의 조각품을 꺼

냈다.

누워 있는 황소와 금인이!

예술이란 막연히 대단한 것들을 대상으로 하는 게 아니라 가까이 있는 모든 것들을 활용해야 한다.

몽땅 우려먹기 정신이었다.

"조각 파괴술! 이 모든 것들이 민첩이 되어라."

그 순간.

위드의 몸에 빛이 어렸다.

-조각 파괴술을 사용하셨습니다.
걸작 조각상이 파괴된 고통! 슬픔!
예술 스탯이 5 영구적으로 사라집니다. 명성이 100 줄어듭니다.
예술 스탯이 일 대 사의 비율로 하루 동안 민첩으로 전환됩니다.
예술 스탯이 너무 높고 원래 가지고 있던 민첩 스탯이 낮기 때문에 한꺼번에 전환이 이루어지지는 않습니다.
민첩 960이 고급 스킬 9레벨의 '바람의 질주'로 바뀝니다. 마나를 사용하여 바람을 타고 달릴 수 있습니다. 실내보다는 실외에서 먼 거리를 이동할 때 유용합니다.
민첩 430이 고급 스킬 5레벨의 '행운의 도움'으로 바뀝니다. 우연한 행운이 자주 벌어져서 최대 3배의 속성 공격을 할 수 있습니다.
민첩 2,360이 마스터 스킬 '회피술'로 바뀝니다. 적의 공격을 정확하게 맞지 않게 해 줍니다. 가죽 갑옷의 성능을 더 이끌어 냅니다. 치명적인 일격을 당하기 어렵게 합니다.
민첩 560이 고급 스킬 7레벨의 '정확한 공격'으로 바뀝니다. 치명적인 일격의 확률을 높여 주며 공격력을 증가시킵니다.
민첩 1,340이 고급 스킬 4레벨의 '탁월한 경험자'로 바뀝니다. 공격 스킬의 발동 시간을 줄입니다. 상대가 사용하는 스킬의 허점을 파악할 수 있습니다.
민첩 760이 중급 스킬 6레벨의 '거리 단축'으로 바뀝니다. 극도로 빠른

> 움직임으로, 체력과 마나를 소모하며 상대와의 거리를 무시한 공격을 할 수 있습니다.
> 민첩 1,340이 고급 스킬 2레벨의 '깃털 걸음'으로 바뀝니다. 몸이 깃털처럼 가벼워져서 이동할 때 지치지 않습니다. 점프력이 향상되며 아주 높은 곳에서 뛰어내리더라도 다치지 않습니다.

전투는 하지 않더라도 잘 피해 다니기 위해서 사용한 기술!

"이렇게 써 버리고 말다니. 먹고살기가 정말 힘들어."

그사이에 자하브는 흑마법사들과 왕실 기사들의 정리를 끝냈다.

"계속 가시죠!"

자하브를 앞세워서 가는 길은 웬만한 적들이 나와도 탄탄대로였다.

검술과 조각술의 마스터 자하브!

그에게는 어중간한 함정이나 마법, 기사들의 공격이 통하지 않았다.

이제 민첩으로 모든 예술 스탯을 몰아 놓은 만큼 서윤도 아까처럼은 무겁지 않았다.

그런데 위드는 왠지 갈수록 더 불길한 예감이 들었다.

'지금까지 너무 쉬웠지. 왠지 이렇게 쉽게 넘어갈 리가 없어.'

노들레가 고생을 한 건 자하브 같은 조력자나 조각술이 없기 때문이었다고 치자.

위드는 나름대로 최선의 방안을 준비해서 왕성에 들어왔고, 어느 정도 계획대로 진행이 되었다.
 탑에서 서윤을 데리고 바로 탈출했다면 그보다 더 좋을 수는 없겠지만, 국왕이 있으리라 추측되는 이 길로 가는 것도 예상보다는 훨씬 매끄럽게 잘 풀리고 있는 느낌이었다.
 '위험해. 이건 빠져들면 안 될 유혹이야.'
 인생에 지름길이란 항상 함정과 연결되어 있었다.
 물론 잘 풀리는 사람들이야 대충 살아도 성공 가도를 달리기도 한다.
 로열 로드를 하면서도 일찍 인맥을 다져서 명문 길드에 가입하여 좋은 사냥터와 장비들을 제공받고, 필요하면 적절한 퀘스트를 하며 성장한 사람도 얼마나 많은가.
 그들은 인생이 쉽다고 느낄 수도 있으리라.
 위드는 맨땅에 부딪쳐 가며 극한의 노가다를 하면서, 위험을 감지하는 절대 감각이 생겼다.
 '조각술 최후의 비기 퀘스트가 이렇게 허술할 리는 없어. 뭔가 좋지 않은 징조야.'
 물론 아직 퀘스트가 끝난 것도 아니었다.
 무너지는 왕성에 있으니 위험은 갈수록 커진다고 봐야 하리라.
 길을 잘못 들면 사망, 적들에게 둘러싸여도 사망, 떨어지는 돌덩이에 얻어맞아도 사망!

봉인의 구슬은 구경도 못 했지만 자하브가 도와줬다고 해도 아직까지는 무난했다고 평가할 정도로 쉬웠다.

"잠깐!"

"왜 그러는가. 성이 무너지기 전에 더 서둘러야 하지 않겠는가?"

"으으음."

틀림없이 서둘러야 할 상황인데 왠지 발이 떼이지 않는다.

'무너지는 성이 위험할까, 아니면 여기로 쳐들어올 라움 기사단, 혹은 어딘가에 있을 국왕이나 챠크젤 그리고 그들을 호위하고 있을 포르투의 기사단이 더 위험할까.'

결론은 전부 위험하다였다.

하지만 막상 서둘러서 일찍 가는 게 더 큰 함정으로 끌려가는 기분도 들었다.

'도살장에 도착한 돼지가 신 난다고 뛰어가는 것처럼……'

위드는 그동안 누려 온 이득을 포기하기로 했다.

전쟁이 벌어지고 나서 헤매지 않고 틈새를 노렸던 덕분에 노들레보다 훨씬 일찍 여기까지 왔다. 무너지는 성에서 빠져나갈 때에는 빨리 움직인 게 틀림없이 도움이 되겠지만, 지금은 강력한 적들이 배회하고 있을 것이기 때문에 더 불길하다.

괜히 일찍 가서 강한 적들과 마주칠 수도 있는 것이다.

"어디 안전한 곳으로 가서 잠시 기다립시다."

"무슨 소리인가. 어서 가야지."

"저를 믿어 보세요. 자랑은 아니지만 저처럼 불운한… 매번 평균적으로 재수 없는 사람이 없으니까 말이죠."

확신은 없었지만 위드는 어쨌든 기다려 보기로 했다. 그렇다고 시간을 그냥 허비할 수는 없는 일.

"주변에 어디 보물이나 미술품, 골동품이 있다면 좀 챙겨 보죠."

위험을 감지하는 감각 이상으로 포르투 왕성의 재물도 밝히고 있었다.

어떤 방송국도 아직 중계를 하지 못하고 있는 조각술 최후의 비기 퀘스트!

위드가 이 의뢰를 하고 있다는 사실 자체도 비밀로 부쳐져서, 그가 조용한 이유는 단지 어딘가에서 굉장한 퀘스트를 하고 있어서이리라 추측만 돌고 있는 상태였다.

조각술 마스터 퀘스트의 마지막 끝마무리를 하는 날만 손꼽아 기다리면서 방송을 준비하고 있었다.

로열 로드의 유저들도 아직까지 직업 마스터 퀘스트를 처음 끝내는 사람이 누가 될 것인지에 대해 관심을 갖고 있었다.

하지만 세상의 시간을 멈춰 버릴 수 있는 최후의 비기는 누구도 알지 못하리라.

유병준은 그러한 비밀들을 모두 알고 있었다.

베르사 대륙의 모든 비밀을 알고 있는 유일한 사람이었다.

"요리사의 최후의 비기는 어찌 되었지?"

-요리사의 최후의 비기는, 베르사 대륙이 이번 돌아오는 겨울이 될 때까지 시작하지 못하면 사라지게 됩니다. 현재까지의 진행 상황으로 봤을 때 요리사의 최후의 비기는 도전할 사람이 없어 사장될 수밖에 없을 것으로 보입니다.

"그 후에는 한참을 기다려야 되겠군."

-3년이나 4년 정도가 필요할 것으로 판단됩니다.

최후의 비기 퀘스트를 실패하거나 중간에 필요로 하는 단계가 사라지면 의뢰를 수행할 수가 없게 된다.

시간이 흘러서 새로운 NPC가 성장을 하거나 특정 지역이 개발되어 다시 빠진 부분들이 맞춰지게 되면 퀘스트는 진행이 가능했다.

하지만 직업 마스터를 하는 사람들 자체가 희귀하다.

그들이 여러 비기들을 모아서 최후의 비기 퀘스트를 수행할 수 있는 가능성도 희박하다.

하늘 아래 최고의 맛을 낼 수 있는 요리사의 최후의 비기는 아쉽게도 당장은 사라지게 될 판.

"화가 최후의 비기도 곧 시작해야 하지 않았나?"

-그림 그리기 마스터 에르그레코가 조만간 사망합니다. 그가 사망하고 나면 최소한 5년간은 진행할 수 없게 될 것입니다.

"아쉽게 되었군."

유병준에게는 화가의 비기야말로 기대가 컸다.

전투 계열 직업들의 최후의 비기야 대부분 싸움과 관련이 있는 경우가 많다. 그들이 성장하여 드래곤을 사냥하는 날이 올지도 모르고, 전쟁에서 눈부신 활약을 하게 될지도 모른다.

하지만 예술 계열의 직업들이야말로 불가능을 가능으로 만들고 새로운 것을 탄생시키는 스킬들을 얻을 수 있다.

화가의 최후의 비기는 '천지창조'.

화가가 수천 장의 그림을 그려서 새로운 대륙과 지형, 동물, 몬스터, 종족을 만들어 낼 수 있는 스킬이다.

너무나도 어마어마한 스킬이라서 단 한 번만 시전할 수 있다. 그리고 대륙을 만들어 내더라도 화가에게 당장 주어지는 이득은 없었다.

새로운 대륙은 주민들이 정착하여 발전하는 것을 처음부터 다시 시작하여야 한다.

그렇지만 대륙에 사람이 살아가고 번영을 이루어 낸다면, 그 화가의 이름은 끊임없이 불리게 되리라.

대륙을 창조해 낸 인간으로서 최상의 명예와 긍지를 얻게 되는 것이기도 하다.

물론 위드가 화가로서 최후의 비기를 얻었다면 엄청난 사리사욕을 챙겼을지도 모르지만.

'음, 돈 안 되는 사막 따위는 필요가 없지. 보기 좋은 절벽

같은 건 또 왜 필요해? 곡창지대! 씨만 뿌려도 잘 자랄 수 있는 비옥한 곡창지대를 만들자. 그리고 금 광산이나 보석 광산은 되도록 많을수록 좋아. 근처에 해상 운반을 하기 좋도록 해안가 지형도 원만하게 해 두어야지. 몬스터들도 다양할 필요가 없어. 붙잡아서 노예로 써먹을 수 있는 고블린이나 잔뜩 살게 해야지.'

자원 채취를 위한 대륙!

땅을 만드는 것이라서 위드의 적성에는 딱 맞는 스킬이기도 했다.

어쨌거나 아쉽게도 화가 최후의 비기도 시도하는 사람이 없다.

최후의 비기 퀘스트를 진행하는 사람은 전 직업을 통틀어 위드뿐이었다.

위드만이 이런 모험을 진행하고 있었고 유병준 박사가 지켜보고 있었던 것이다.

"음, 길을 단번에 찾아내다니······."

포르투 왕성의 지도를 모니터에 띄워 놓고 있었지만 구조가 아주 복잡했다. 이런 곳에서 봉인의 구슬을 곧바로 찾아낸다는 건 정말 불가능에 가깝다.

일단 국왕이 있을 만한 왕성의 비밀 구역으로 가는 자체가 문제였다.

위드는 노들레의 침입 영상을 보고 또 직접 와서 슬쩍 지나가며 둘러본 정도로 내부 지리를 약간이나마 파악했다. 적어도 서윤을 업고 급하게 뛰어가면서도 아예 엉뚱한 길들은 아닐 거라고 제쳐 둘 수 있을 정도로는 왕성의 구조를 이해하고 있었다.

달동네에서 신문과 우유 배달을 하며 익힌 공간지각 능력!

"길은 비교적 맞게 가고 있어. 조금씩 어긋날 때도 있지만 전체적으로는 올바른 방향으로 찾아가고 있지. 그래도 이대로 가면, 후후……."

위드는 왕성의 가장 깊은 곳에 있는 포르투의 국왕에게로 향하고 있었다. 그러나 그곳은 포르투 왕국의 모든 숨겨진 전력이 모여 있는 장소다.

왕실 기사단과 근위대, 흑마법사들 그리고 포르투의 국왕과 챠크젤이 있다.

그들은 이곳의 모든 생명들을 제물로 삼아 지옥의 문이라는 고급 흑마법을 준비 중이었다.

마법이 발동되면 포르투의 수도 하늘에는 검붉은 색의 지옥의 문이 열린다.

사람의 생명력을 먹어 치우며 확장되어 가는 지옥의 문!

위드가 흑마법사가 있는 장소에 간다고 하더라도 방해꾼들에 대해 단단히 대비하고 있으니 할 수 있는 건 없다.

오히려 죽을 자리를 찾아가는 셈이었다.

"이제 조금만 더 가면… 응?"

별안간 위드가 자하브와 같이 엉뚱하게 왕성의 빈방으로 가서 약탈을 하며 시간을 때우기 시작했다.

조금 후면 라움 왕국과 동맹국들의 기사단이 왕성의 내부를 장악하고 포르투의 국왕이 있는 장소로 진격하게 된다. 그러니 일찍 가면 오히려 호랑이 굴로 찾아들게 되는 셈이다. 유병준은 그 상황을 기대하며 즐거워하고 있었는데, 갑자기 위드가 서두르지 않고 신 나게 미술품, 골동품, 금은보화를 쓸어 담는 것이다.

최대의 위기에서 노략질을 하는 기회로 반전!

"어떻게 저럴 수가 있지? 정말 특별한 감각을 가지고 있는 건가?"

위드가 하는 말들을 들어 보면 대부분 한탄과 하소연이 많다. 하지만 전체적인 사정을 알고 있는 유병준이 듣기에는 그 말들이 정확하게 맞았다.

왕성 내의 사소한 병력 배치까지도 허술하게 그냥 넘어가지 않고 이상한 낌새를 느낄 때에는 또 얼마나 놀랐던가.

왕실 기사들이 통로를 막고 있으니 와 본 적도 없는 왕성의 내부 구조를 파악하여 우회로를 찾아낸다.

숱한 모험을 경험해서인지 노인들이 비가 오면 뼈마디가 쑤시는 것처럼 고생에 대한 감각이 생긴 것이다.

또한 상황이 좋더라도 방심하지 않고 의심을 늦추지 않는다.

가히 바퀴벌레를 업신여길 정도의 생존 본능!

"이런 것도 능력이로군."

무너지는 왕성이라고 해도 위드는 끝까지 살아남을 것 같았다. 보통 어지간해서는 절대로 죽지 않으리란 느낌이 들 정도였다.

대한민국에 전쟁이 나서 건물과 기반 시설들이 파괴되고 부서지고 나면 수십 년 전으로 되돌아가게 되는 셈이다. 누구나 두려워할 상황이지만, 왠지 그렇게 되면 위드는 고철 장사를 하면서 더 활개를 칠 것 같은 기분이 들었다.

물론 땅에 떨어져도 터지지 않는 불발탄까지도 팔아먹을 사람이었다.

"평생을 검을 벗 삼아서 살아왔고, 또 숱한 싸움을 검으로 극복해 왔다. 당연히 검술의 비기를 만들어야겠지. 스킬로는……."

검치는 가장 기분이 좋았을 때를 떠올렸다.

마음속에는 폭풍이 몰아치고 있었지만 검을 잡고 나니 모든 심마가 물러가는 걸 느꼈다.

고된 훈련으로 지쳐 있는데 어느 순간 검과 자기 자신이 하나처럼 통했다.

검을 통하여 세상을 베어 버릴 수도 있고 어떤 적수라도 꺾어 버릴 수 있으며, 또 어느 한순간에는 그조차도 중요하지 않게 여겨지기도 한다.

"무엇이든 베는 검을 만들겠다."

- 검술을 정의하여 주십시오.

"그 어떤 적이나 사물이든, 단칼에 베어 버리는 것이다."
일검에 전부 베어 버리는 기술!

- 검술의 특성상 심각한 페널티가 부여될 수 있습니다. 그래도 진행하시겠습니까?

"물론이다."

- 검술이 완성되었습니다.
  무리한 검술의 운용은 크나큰 대가를 치르게 될 수 있습니다.

무엇이든 베는 검 1(0%) : 모든 것을 베어 버리는 검술.
고급 검술 6레벨 이상 필요.
공격이 정확히 적중하면 스킬 레벨에 따라 혼신을 다한 일격으로 최대 55배의 피해를 입히게 됩니다.
단, 상대를 베어 버리지 못하였을 때에는 검이 부러질 확률이 20% 이상입니다.
공격이 막혔을 시에는 스스로가 적지 않은 부상을 입거나 마비, 사망에 이르게 될 수도 있습니다.
공격이 빗나가면 매우 큰 빈틈을 보이게 될 것입니다.

-무기술 스킬의 숙련도가 향상되었습니다.

-검술의 비기를 창안하여 명성이 3,190 올랐습니다.

 검치가 스킬을 정하고 나자 그 후에는 검둘치의 차례였다.
 검둘치는 검만을 바라 오면서 살지는 않았다.
 '스승님의 후계자가 되어 도장은 내가 이어받아야지.'
 어린 제자들을 가르치면서 사는 게 평생의 꿈이었다.
 "제가 만들고 싶은 스킬은 무엇이든 베는 검입니다."
 "둘째야."
 "저에게는 스승님이 택한 기술을 함께 발전시켜 나가고 싶은 마음뿐입니다."
 잘못 배운 아부 기술!
 위드라면 스킬의 비기를 만드는 것 같은 소중한 기회는 뜻깊게 썼겠지만 검둘치는 대책 없이 아부를 하며 날려 버리고만 것이다.
 "으음."
 검삼치는 창술 중의 하나를 비기로 탄생시키고 싶었다.
 전쟁에서는 긴 창이 큰 위력을 발휘한다. 말을 타고 전쟁

터를 휘젓고 다니기에도 긴 창이 최고였다.
"저도 무엇이든 베는 검을 배우고 싶습니다."
그러나 결국 검삼치도 덩달아서 같은 스킬을 택해 버리고 말았다.
이제 난처해진 건 검사치와 검오치였다.
'이건 아니었는데…….'
'아, 뭔가 크게 잘못되어 가고 있어.'
틀림없이 일이 이상하게 돌아가고 있다는 사실을 알지만 분위기를 타고 나니 되돌릴 수가 없다.
처음 아부를 시작했던 검둘치도 이렇게 깊게 생각했던 건 아니었다.
"저도 스승님과 사형들을 따라서 무엇이든 베는 검을 택하겠습니다."
"저도 검사치 사형과 같은 생각입니다."
어쩔 수 없이 덜컥 저질러 버린 일!
물론 그렇다고 커다란 피해를 입는 건 아니지만, 원하던 스킬들은 얻지를 못했다.
그리고 수련생들의 선택의 시간!
'목숨과 검술의 비기를 놓고 택하라면 정답은 이미 나와 있지.'
'혼자 다른 스킬을 선택하면 그날 이후로 난 아마 매일 대련을 당해야 할 거야.'

서열이 높은 수련생들일수록 고민이 컸다.

하지만 다행히 이때에는 검치가 일을 수습하려고 들었다.

안 그래도 덩치가 우락부락한 이들끼리 다녀서 여간 민망하지 않을 때가 많았다. 검술의 비기까지도 몽땅 한 가지를 택했다면, 두고두고 얼마나 손가락질을 받을 만한 멍청한 짓이겠는가.

"너희는 내가 택한 기술이 아니라 다른 걸 만들어라."

"아닙니다, 스승님!"

"저희는 스승님을 따라서 배움을 얻고 싶습니다."

검치는 정색을 하고 말했다.

"다른 것들로 배워라. 너희가 이러니까 우리가 다 같이 무식할 거라는 사람들의 편견을 받게 되는 거야."

그리하여 수련생들은 자유롭게 스킬들을 선택!

검술과 관련된 비기를 얻은 사람이 200여 명으로 가장 많았다. 평소에 부족하게 느꼈던 다양한 기술들을 획득했고, 화려한 효과와 옵션은 기본이었다.

검이백칠치는 특히 멋을 내는 부분에 있어서 관심이 많았다.

"스킬을 시전하면 벼락이 번쩍번쩍 치고 오색의 빛무리가 내 주변을 감싸면서 아주 큰 굉음을 내는 스킬을 만들고 싶다."

마나 소모를 줄이는 대신 항상 쓸 수 있는 비기로 실속을

추구하는 경우 등 취향에 따라 다양한 스킬들이 선택되었다.

장거리 공격이 가능한 활을 택하는 수련생도 다수였고, 창과 도, 방패술도 인기를 끌었다.

"난 그래도 무엇이든 베는 검을 배우고 싶습니다."

그 이후로도 83명의 수련생들은 아부를 선택했다.

아주 현명한 판단이라는 사실은 그날 이후로 바로 판가름이 났다.

검치와 검둘치야 너그럽게 용서해 주었지만 억지로 스킬을 선택한 검삼치는 달랐다.

"스킬 만든 애들 전부 내 밑으로 집합."

그리고 밤새도록 훈련!

검삼치의 더러운 성격은 평소에는 잠복해 있다가 불시에 튀어나오곤 했다.

다음 날은 검사치였다.

"요즘 개성이나 낭만 찾는 애들이 많다지? 그만한 실력들이 되는지 어디 살펴보자."

검오치도 하루 뒤에 말했다.

"우리 때는 안 그랬는데 말이야. 기강이 완전히 무너졌어."

수련생들은 지독한 훈련을 거쳐야 했다.

가끔 때때로 그들은 일반인들을 보면서 나약하다고 생각한다.

"고작 10킬로도 못 달리고 지치고 말이야. 체력은 국력이라고 했는데, 가볍게 뛰면 30킬로씩은 누구나 달려야 되지 않나."

"차를 타고 동해안 가는 게 뭐가 그렇게 피곤하고 힘들다는 건지 모르겠습니다. 자전거만 있으면 왕복 400킬로 정도는 금방인데요."

"당일치기로 다녀와서 저녁에 축구 한 게임 정도는 뛸 수 있는 거지."

"밤새우고 새벽 인력시장에 나가서 개운하게 몸도 풀어도 되고 말이죠."

수련생들은 도장에서 훈련을 받으면서 착실하게 강해지는 걸 느낄 수 있었다.

체계적인 이론과 훈련, 자질.

이런 건 교과서에나 나오는 말이었다.

인간의 적응력이란 실로 위대하다. 지독하게 구르다 보면 알아서 강해지기 마련이었다.

때마침 검치와 수련생들은 무예인 마스터 퀘스트에서 그 다음 단계로 제자를 기르는 것을 받게 되었다.

NPC를 제자로 거둬들여서 그에게 무예인의 직업과 스킬을 전수하여 강하게 만드는 것이었다.

그 후에 NPC가 정해진 시간 내로 특정 난이도의 던전을 돌파해야 하는 독특한 퀘스트.

검치는 너무나도 쉬운 퀘스트라고 생각했다.

"허허, 평생을 이미 제자들을 가르치면서 보내왔건만 이런 곳에서 또 가르치게 될 줄은 몰랐군. 옳다, 강함이란 사람을 통해 끊어지지 않고 이어지는 것이지."

아르펜 왕국의 병사들 중에서 똘똘하게 생긴 소년을 고른 검치는 그의 앞에서 한바탕 춤사위를 펼쳤다. 기본 검술들을 총망라한 그만의 검술이었다.

"이걸 익혀라."

"잘 모르겠는데요."

"다시 보여 주마."

"너무 빨라요."

"천천히 할 테니 잘 봐라."

"와아."

"잘 봤지?"

"하나도 모르겠는데요."

"역시……."

검치는 고개를 끄덕였다.

나름대로 지금까지 가르쳐 온 교육 철학이 틀리지 않은 것이다.

"몸이 고통스럽지 않으면 제대로 배우지 못하는 것이지. 일단 맞자!"

수련생들은 훗날 커서 자상한 스승이 되고 싶었다.

제자들이 하늘처럼 우러러보는 스승!

검백일치는 누구보다도 훈련 시간을 중요하게 여겼다.
오래도록 몸으로 익힌 훈련만큼 믿을 만한 것은 없으니까.
"스킬을 똑바로 배우려면 밤새도록 검을 휘둘러라."
"놀고 싶은데요. 나가서 놀다 오면 안 돼요?"
"다 익히고 놀아."
레벨 130의 NPC가 말했다.
"이 정도면 전 충분히 강한 거 같아요. 몬스터들을 사냥하러 나갈게요."
"아서라. 네 실력에 밖에서 함부로 돌아다니면 죽어."
"됐어요. 스승님은 제 마음을 전혀 이해하지 못하는 것 같아요."
"닥쳐라. 그냥 내 손으로 죽여 주마!"

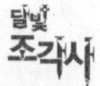

기적을 만드는 조각술

"음, 여기에 오지 않았다면 정말 평생 후회할 뻔했군."

위드는 땅에 떨어진 돈을 발견한 어린아이처럼 입가에 순수한 미소를 가득 띠었다.

포르투 왕성에 장식되어 있는 아이템들은 하나같이 고급품들!

위드와 자하브는 이곳저곳을 돌아다니며 아이템들을 적극적으로 챙겼다.

물론 사냥도 빠뜨리지 않았다.

"저놈은 시종입니다. 왠지 돈이 많아 보일 것 같은데… 아니, 이런 놈들이야말로 국왕에게 아첨을 일삼으며 주민들의 고혈을 쥐어짜 내는 진짜 악한 놈들이죠. 뒤에 숨어서 악랄한 짓을 일삼는, 가장 질이 나쁜 놈들입니다. 어서 죽여요!"

어릴 때 왕성에 팔려 와서 고개 한번 못 들고 일만 하던 시종 사망!

"귀족들은 몽땅 죽여야 됩니다. 가지고 있는 패물이며 귀금속이… 헛, 하인들이 보물을 나르고 있을지도 모릅니다."

"그래도 말이라도 들어 봐야 하는 거 아닌가?"

"말은 무슨! 척 하면 척이죠. 일단 죽여 놓고, 아니면 말고."

서윤을 구하러 온 것인지 강도 짓을 하기 위하여 온 것인지 모를 정도였다.

게다가 흑마법사들이 많기 때문인지 흑마법과 관련된 장비와 마법서, 스크롤 등이 자주 나왔다.

"이건 가져가기만 하면 암시장에서 사려는 사람은 많겠어. 후후후!"

정상적인 시간대의 베르사 대륙에는 흑마법이 제대로 개척되지 않았다. 마법사의 2차 전직으로 흑마법사를 택하는 사람들도 상당히 적었다.

그렇지만 위드가 입수한 ≪기초 흑마법 입문서≫, ≪열두 가지의 저주 마법≫과 같은 책이 있다면 훨씬 많은 이들이 수월하게 흑마법사를 택하게 되리라.

나쁜 것들을 적극적으로 들여오려는 위드!

물론 파리나 모기를 잡을 때 정도의 양심의 가책은 들었다.

"이럴 때면 난 아직 착하고 순수한 사람이란 걸 느낄 수가 있지. 음… 그래, 항상 이 여린 마음 때문에 피해만 입고 남들한테 못되게 굴지도 못하고 그렇게 살아왔던 거로군."

돈만 된다면 나중에 자서전이라도 쓸 생각이었다.

"으아아악!"

"라움 기사단이 여기까지 쳐들어왔다!"

복도에서 비명이 들렸다.

갑옷을 입은 기사들이 둔탁한 소리를 내며 달리는 소리들까지 연달아 들렸다.

라움 왕국의 기사단뿐만 아니라 동맹 왕국의 최정예 기사단이 모두 동원되었다. 그뿐만 아니라 최정예라고 할 수 있는 레인저들까지도 따라왔다.

"슬슬 안내자들이 도착한 모양이로군요."

위드도 길잡이를 기다려 왔다.

근본적으로 이 전쟁은 라움 왕국과 포르투 왕국 간에 벌어지는 것이다. 노들레와 힐데른은 이 사이에 끼어든 처량한 새우 신세였다.

포르투 왕국과는 어차피 적대적일 수밖에 없었으니 그럴 바에야 라움 왕국에 빌붙으려는 것이다.

"우리가 정확한 길을 찾지 못하더라도 놈들이 찾아 줄 것입니다."

라움 기사단이 지나간 길을 시간을 두고 쫓아가면 된다.

일부러 약탈을 하면서 뒤처졌던 건 그러한 이유에서였다.
"어서 가시죠."
자하브가 앞장서고, 위드는 서윤을 등에 업고 따라갔다.
라움 기사단이 수비를 하고 있던 병사들을 해치웠기에 편하게 뒤를 따라가기만 하면 되었다.
워낙 튼튼하게 지어져서인지 왕성의 내부로 깊이 들어갈수록 공성 병기의 공격에도 불구하고 비교적 멀쩡한 모습이었다. 그렇지만 시시때때로 건물이 흔들리고 벽에 걸려 있는 장식품과 그림 등이 떨어지기도 하였다.
다분히 공포스러운 느낌!
아직 왕성이 무너지지는 않고 있지만, 어느 순간 한꺼번에 폭삭 가라앉을 수도 있으리라.
서두르고 싶은 마음이 굴뚝같았지만, 봉인의 구슬을 구하려면 무조건 서두른다고 해서 될 일도 아니었다.
"놈들이 나타났다. 준비한 마법을 발동하라."
"희생의 땅!"
"아스타로트의 발톱!"
무엇을 하는지 몰라도 어마어마한 굉음과 위드가 있는 장소까지 뒤흔들릴 정도의 충격이 밀려왔다.
위드는 다리 힘이 풀려서 주저앉을 뻔했던 걸 자하브가 부축해 주어 겨우 버틸 수 있었다.
'역시 뒤따라오길 잘했군. 내가 먼저 도착했다면 저런 마

법 공격에 의해 제대로 정신을 차리기도 전에 죽었을 거야.'

비명이 끊이지 않고 연달아 들렸다.

앞으로 계속 가면 이 왕성에서 가장 치열하고 위험한 장소에 도착하게 되리라.

포르투 왕국의 수비벽을 무너뜨리는 돌파 속도로만 봐도 알 수 있을 정도로 실력이 뛰어난 라움 왕국 기사들과 흑마법사들의 전투!

공격 범위에 들어가거나 스치기만 해도 사망!

"조금 쉬죠."

"그래도 되겠나? 여자의 상태가 안 좋은 것 같은데."

서윤은 눈 밑이 시커멓게 죽어 있었다.

"먹고살려고 하는 건데요."

위드는 스스로가 생각해도 위기의 순간에 냉정을 쉽게 잃어버리는 편은 아니었다.

하물며 당장은 자기 자신도 아닌 서윤의 목숨!

이런 장소에서는 죽더라도 그녀도 이해해 줄 것이다.

'안되면 보신이와 보신이 2세가 낳을 새끼들을 주면 되겠지.'

안 그래도 출산을 하면 생일이나 명절 같은 기념일마다 선물용으로 보낼 작정을 하고 있었다.

물론 이미 서윤에게 가 있는 몸보신1세가 암컷이었지만, 어차피 수컷의 협력이 없다면 새끼는 나오지 않는다.

'새끼 강아지들의 지분을 포기하면 돼. 그리고 몸보신을 준다고 했지 그 새끼들까지 낳으면 다 준다고 한 적은 없으니까.'

 위드에게 한번 개 줄이 묶이고 나면 대대로 풀려나기 어려운 신세!

 "어둠의 힘에 사로잡힌 그로믈타여, 여기 그대를 위한 피와 생명이 있으니 이곳에 강림하여……."

 "흑마법사들을 남김없이 처단하라. 레인저 부대 공격!"

 "놈들의 마법이 이루어지지 않도록 마법진을 파괴하여라."

 포르투 왕국과 라움 왕국 연합군 측의 전투 소리가 계속 들렸다.

 위드는 섣불리 움직이지 않으며 생각을 정리했다.

 그냥 서윤을 업고 저 전장으로 뛰어들어서 과연 무엇을 할 수 있을 것인가.

 '역사로 보면 포르투 왕국은 패배했지. 어떤 중대한 변수가 개입되지 않는다면 말이야.'

 물론 그 변수는 위드와 서윤이었다.

 서윤에게서 마족이 깨어나면 라움 왕국 연합군 측이 무참히 패배할 수도 있으리라.

 노들레가 성공했던 것처럼 어떻게든 위드도 해내야 했다.

 지금 와서는 그가 어떻게 해냈는지 궁금하기도 했지만, 이제는 자신의 방법으로 서윤을 구해야 하리라.

"가야 하지 않겠는가?"

"준비를 조금 해야 될 것 같습니다."

"어떤 준비를?"

"고래들을 잡아 먹어 치워야죠."

포르투의 국왕은 능력이 얼마나 될지 모르나, 챠크젤은 대단한 흑마법사!

이곳의 악의 세력의 대장이었다.

또한 라움 왕국의 병력도 어마어마하다.

이 시기에 라움 왕국은 제국으로 발돋움을 하기 직전으로, 다른 연합군의 군대까지 포함하면 대륙 최고의 기사단이 몽땅 출동을 한 것이다.

싸우는 군대의 질로 판단을 하더라도 역대 최고라고 할 수 있는 전장!

위드와 서윤은 역사적으로도 드물고 잘 일어나기도 어려운 대단한 전투에 뛰어들어야 했다.

"자고로 준비를 하지 않으면 안 돼. 잔머리를 쓰지 않으면 착하게만 살아야 하지. 그게 얼마나 손해인데."

전장에서는 여전히 폭발음이 터져 나오고, 간악한 흑마법에 의해 절규하는 목소리들이 계속 들렸다.

"아직 약하군."

전장을 많이 헤매 본 덕에 본격적인 절정은 아니라는 점을 알 수 있었다.

기적을 만드는 조각술

소리를 들으면서 여러 정보들도 입수했다.

라움 왕국과 연합군 측에서는 각국의 국왕이나 고위 귀족들끼리 만나서 포르투의 흑마법사들이 대륙을 위기로 몰아넣으려고 하고 있다는 의견을 교환했다. 그리하여 전격적으로 침공을 하였고, 흑마법사들의 터전이 되어 버린 이 성은 공성 무기로 끊임없이 두들겨서 무너뜨린다는 계획을 세웠다.

각국의 기사단은 왕성으로 진격해 들어와서 흑마법사들을 처단하기 위하여 이곳으로 집결하고 있었다.

사실상 기사단은 성이 무너지게 되면 몰살을 당할 수도 있다는 각오까지 하고 들어온 것이다.

"음, 흑마법사들은 어디를 가나 박해를 받는군."

유저들이 흑마법사를 택하지 않는 이유에는 이러한 면들도 있었다.

마법 자체는 강력하기 짝이 없지만, 계속 악명이 쌓이고 또 희생물을 바치거나 하면 더 쉽게 고급 마법들을 익힐 수 있어서 유혹을 벗어나기 어렵다. 그러다 보면 기사들에 의하여 쫓기고 죽임을 당하는 신세가 되고 만다.

게다가 나중이 되면 악마나 마족에 의해 종속되어 몸을 강탈당할 수도 있는데, 이런 경우를 방지하기 위해서는 힐데른의 경우처럼 그 마족에게 제물을 바쳐야 했다.

어떤 직업보다도 정말 빠르게 강해질 수 있지만 끝없는 비난과 쫓김을 당하는 직업이었다.

"뒷거래니까 흑마법사 아이템들을 비싸게 팔아먹기는 힘들겠어."

위드는 슬슬 준비해 놓은 계획들을 시작하기로 했다.

미리 제작해 놓은 조각품을 꺼냈다.

"조각 변신술!"

평범한 포르투 왕국의 궁수로 변신!

-조각 변신술을 사용합니다.
조각술에 대한 무한한 애정은 그 조각품과 조각사를 서로 닮게 만든다!
스킬 활용에 필요한 마나가 부족합니다.
완숙의 경지에 달한 조각술 스킬과 예술성으로 극복합니다. 하지만 커다란 페널티가 부여됩니다.

-조각 변신술의 영향으로 힘과 민첩이 다소 증가합니다.
지력과 지혜는 더 떨어질 것이 없어서 그대로입니다.
예술 스탯이 절반으로 줄어듭니다.
생명력이 조금 높아집니다.
페널티로 인하여 마나를 소모하는 스킬을 쓸 수 없습니다.
조각 변신술이 풀릴 때까지 유효합니다.

포르투 왕국의 병사로 조각 변신술을 사용한 것은 흑마법사들에게 가까이 다가가기 위함이었다.

위드는 조각 변신술을 쓰며 일부러 뚱뚱하게 몸을 바꿨다. 서윤을 등에 업고 망토로 덮어서 위장하기 위해서였다.

그만큼 몸을 움직이는 데 불리하지만, 조각 파괴술을 썼으니 단순 이동은 문제가 아니었다.

"저를 잘 지켜 주셔야 됩니다."

"목숨을 걸고 해내지."

자하브는 중간에 입수한 근위대 병사의 검과 가죽 갑옷을 착용했다.

그는 검술의 마스터였기 때문에 병사들이 착용하는 기본적인 무기와 방어구를 얼마든지 쓸 수 있었다. 아쉬운 점이라면 기사로 분장하지 않아서 성능이 매우 떨어지는 검을 착용하게 되었다는 것이다.

전투가 벌어지게 되면 검의 낮아진 위력만큼이나 손해를 볼 수밖에 없었다.

"그리고 이놈들을 살려야겠군. 이것만큼은 가능하면 다시 쓰는 날이 오지 않기를 바랐지만… 퀘스트만 완료한다면 어떻게든 그 후에 사냥으로 복구를 해야겠지."

위드는 품에서 조각품들을 꺼냈다.

전쟁의 시대로 돌아오며 가져왔던 조각 재료들은 이날을 위해 이미 조각품으로 만들어 놓았다.

평작과 걸작의 작품들. 그리고 명작도 하나 끼어 있었다.

예술의 주제가 자유롭지 못했기에 귀한 재료들을 가지고도 어쩔 수 없었던 것들.

6개의 조각품은 전부 포르투 왕국 병사들의 모습이었다.

"생명을 부여하더라도 원래의 시간대로 데려가거나 혹은

지금의 전투에서 살아남게 해 주기가 어렵게 될 텐데."
 위드는 깊은 한숨을 내쉬었다.
 "여기까지 왔으니 어쩔 수 없지. 조각품에 생명 부여!"

－조각품에 생명을 부여하셨습니다.
 조각품의 능력은 현재 설정된 예술 스탯 3,122에 따라 513으로 변환됩니다. 스킬 시전에 필요한 마나가 부족하여 페널티로 23%의 레벨이 감소합니다.
 생명체에 세 가지의 속성이 부여됩니다.
 조각품의 모양과 수준에 따라 부여되는 속성의 수준과 능력치가 다릅니다.
 강철의 속성(100%), 불의 속성(80%), 충성의 속성(100%).
 강철의 속성은 생명체에 뛰어난 무기술과 방어 기술을 부여합니다.
 불의 힘을 이용해 적을 태울 수 있습니다.
 모든 저주 마법에 대해 면역을 갖습니다. 흑마법에 대해 강한 저항력이 생깁니다.
 절대 배반하지 않으며 맹목적인 충성을 바칩니다. 어떤 명령이라도 기꺼이 따를 것입니다.
 마나가 282 사용되었습니다.
 스킬의 효율이 증가해서 생명을 부여할 때 소모되는 레벨과 스탯의 양이 20% 감소합니다.
 예술 스탯이 6, 영구적으로 줄어듭니다. 줄어든 스탯은 조각품이나 다른 예술과 관련된 활동을 통해 보충할 수 있습니다.
 레벨이 2 하락합니다. 레벨 하락에 따라서 보유하고 있는 스탯이 10 줄어듭니다. 줄어든 스탯은 레벨을 올리게 되면 다시 부여할 수 있습니다.
 생명이 부여된 조각품을 소중히 다루어 주십시오. 목숨을 잃으면 다시 생명을 부여해야 합니다.
 완전히 파괴되었을 경우에는 되살릴 수 없습니다.

 병사의 몸이 쑥쑥 커지더니 커다란 덩치로 성장하였다.

그는 위드를 향해 바로 무릎을 꿇었다.

"저에게 생명을 주신 주군을 뵙습니다. 저의 이름을 정해 주십시오!"

충직함이 잔뜩 묻어 나오는 목소리!

위드는 조각 생명체를 보며 씁쓸함을 감추지 못했다.

"반갑구나. 너의 이름은 철일이라고 하자."

"저에게 무척 잘 어울리는 이름 같습니다. 철일이라는 이름을 지어 주셔서 고맙습니다."

"고마워하지 않아도 된다. 아쉽게도 너와 함께하는 시간이 길진 않을 것 같구나."

"주군! 왜 그렇게 말씀하십니까."

시간대가 바뀌면서 노들레와 힐데른의 모험을 진행 중이었다. 나중에 다시 원래의 대륙으로 돌아가게 되면 조각 생명체들은 놔두고 가야 하리라.

지금의 어려운 전투를 무사히 넘기리란 보장도 없다. 왕성이 무너져서 깔려 죽을 위험마저도 있다.

물론 위드의 부하로서 두고두고 괴롭힘을 당하지 않아도 되니 어쩌면 조각 생명체에게는 행운이 될지도 모를 일.

"이곳이 위험하더라도 기꺼이 싸우겠습니다. 한순간이라도 충심을 다해서 모시겠습니다."

"그래, 알겠다. 이제 너의 동료들을 더 모아 보자."

위드는 마나가 회복되기를 기다려서 조각품에 생명을 부

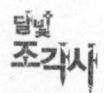

여하는 스킬을 계속 시전했다.

총 6명의 조각 생명체들을 일으킨 대가로 레벨이 10개나 떨어져야 했다.

그렇지 않아도 낮은 위드의 현재 생명력과 레벨이 더 줄어들었다. 본래의 몸으로 돌아가게 되면 무려 10개의 레벨 감소가 적용될 테니 그 슬픔이란 더욱 크게 느껴지리라.

"예술은 정말… 뼈를 깎는 고통이 없이는 이루어질 수 없는 거로군. 이놈들을 오래도록 두고두고 부려 먹을 수가 없다니."

피눈물이 흐를 것처럼 고통스러웠다.

"주군, 명령을 내려 주십시오!"

"어떤 적이든 물리치겠습니다!"

"저의 목숨을 원하시면 기꺼이 바치겠습니다. 주군과 함께 싸울 수 있다면 그만한 영광도 없을 것입니다."

"무엇이든 할 겁니다. 그것이 비록 정의롭지 못한 일이더라도 주군께서 시키는 일이라면 해내겠습니다!"

위드는 늠름한 조각 생명체들을 기특하다는 듯이 보았다.

명작 하나, 걸작 둘 그리고 평범한 조각품 셋. 레벨들은 조금씩 다르지만 대충 보면 전부 포르투 왕국의 병사들이었다.

궁수가 넷으로 가장 많고, 검사와 창병이 하나씩 있었다.

위드는 만일의 사태에 대비하여 조각품의 조합까지 해 놓았던 것이다.

"가 보죠. 시간을 지체했으니 왕성이 언제 무너질지 모릅니다. 이제부터는 조금 서둘러야 되고, 라움 왕국 동맹군으로부터 공격을 받을지 모르니 특히 조심해야 될 것 같습니다."

위드와 자하브는 병사들을 데리고 왕성의 지하로 내려갔다.

초록색의 넓은 공터!

왕성에 있을 법한 공간은 아니었지만, 흑마법사들이 마법 실험을 하고 마물들을 만들어 내기 위하여 마련된 아주 널찍한 장소였다.

음습한 냉기가 흐르는 장소로, 평소에는 마물들의 체액에 의하여 미끈한 초록색의 액체가 흐르고 있다.

그리고 이미 마물과 라움 기사단, 연합군 기사들의 전투가 한창이었다.

'그래도 이 장소에서는 어지간해서는 흑마법사들이 계속 유리하겠군.'

지하에는 각종 저주 마법들이 펼쳐져 있었다.

기사들과 병사들도 마물들과 싸우면서 평소의 실력을 발휘하지 못했다. 약간이라도 부상을 당하면 독으로 상처가 크게 악화되고, 굼벵이를 닮은 특이한 벌레들이 몸에 나타나 기어 다니게 된다. 또한 환각에 사로잡히거나 타락하여 동료들을 공격하기도 했다.

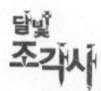

레인저들은 멀리서 자리를 잡고 화살만 쏘려고 했지만 독안개가 그들에게 스멀스멀 밀려들었다. 몸이 나무토막처럼 변하더니 모든 영양분을 빼앗기고 비쩍 말라서 목숨을 잃기도 했다.

흑마법사란 존재는 정말 기사들로서도 상대하기가 어려웠다.

"이젠 어떻게 할 건가."

"왼쪽으로… 지금 달려요!"

위드는 자하브와 함께 앞으로 뛰었다.

조각 생명체 병사들은 그들을 호위하듯이 감싸고 따라서 달렸다.

마물들과 기사들이 싸우는 틈새를 넘어서 포르투 왕국의 진영으로 향했다.

"철일, 철이, 철삼! 라움 왕국군의 접근을 막아라. 실력을 너무 드러내선 안 된다."

"넷!"

"철사, 철오, 철육! 너희는 혹시 모를 공격에 대비해. 흑마법사들을 주의해라."

"몸을 던져서라도 막겠습니다, 주군!"

위드와 부하들은 라움 왕국과 포르투 왕국이라는 고래들 사이에 끼어 있는 새우 신세였다.

흑마법사들로부터 불덩어리라도 날아온다면, 혹은 궁수

들이 쏜 눈먼 화살이라도 맞는다면 다른 이들은 몰라도 위드는 곧바로 사망!

하지만 같은 편으로 여겼는지 그들은 공격하지 않았다.

오히려 궁수 부대가 라움 왕국의 병력에 화살을 쏘면서 견제를 해 주기까지 했다.

위드의 조각 변신술과 생명 부여가 워낙에 뛰어난 스킬이라서 발각되지 않은 것이다.

포르투 왕국의 진영에 도착하였더니 궁수 부대의 지휘관은 따끔한 질책을 했다.

"어딜 갔다가 오느냐. 1시간 전부터 우리 부대는 이곳에 모이기로 했던 걸 잊었느냐."

위드가 대표로 고개를 숙였다.

"죄송합니다."

"미련한 놈들! 전투준비를 하고 가서 서 있어라. 윗분들의 명령이 있으면 언제든 나가 싸워야 하니."

"옛!"

위드와 자하브는 조용히 조각 생명체 병사들과 함께 라움 왕국의 진영에 배치되었다.

마물들이 활약하고 있는 마당이니 궁수들만이 화살을 조금 날리고 있을 뿐, 근위대 병사들은 쓸모가 없기 때문인지 구경만 하고 있었다.

포르투의 국왕과 챠크젤, 다수의 고위급 흑마법사들은 숫

자가 많이 줄어든 기사들의 상대는 마물로도 충분하다고 여겼는지 전투에 가담하지 않고 흑마법을 준비했다.

그들이 마력을 운용할 때마다 땅에 새겨진 커다란 마법진이 붉게 빛났다.

'여기가 복마전이로군. 그보다도 저 위험천만해 보이는 마법은 대체 뭐지?'

위드는 흑마법사들의 마법이 뭔가 대단한 광경 같아서 주변의 병사들에게 물었다.

"저 마법이 뭔가?"

"나도 잘 몰라. 적들을 섬멸할 수 있는 어떤 대단한 마법이라더군."

병사는 아는 한도 내에서 대답해 주었다.

동료라고 생각을 하니 따로 친밀도를 올릴 필요도 없었고, 또한 국왕에 대한 충성도 역시 그리 높은 편도 아니었다.

다른 병사들도 아는 지식을 하나 둘 꺼냈다.

"저것만 완성이 되면 라움 왕국 놈들을 몽땅 물리칠 수 있대."

"설마 그 말을 믿어?"

"나도 잘은 모르지. 그렇지만 이런 위기에 저렇게까지 열심히 마법을 준비하는 걸로 봐서 정말이지 않겠어?"

"아까도 시녀들을 제물로 바치던데, 우리까지 죽이려고 하는 거 아닌가 몰라."

"라움 왕국이 물러가면 지금의 국왕 폐하가 계속 통치를 한다는 이야기잖아. 그게 좋은 일인지 나는 잘 모르겠군."

"그래도 적은 물리치고 봐야지. 저놈들도 우리를 살려 주진 않을 테니까."

위드는 흑마법사들의 주의를 끌지 않으면서 병사들에게 가급적이면 말을 많이 걸기 위하여 노력했다.

왕성에 들어온 이후 특유의 눈치로 짐작을 해 왔지만, 지금의 상황을 좀 더 구체적으로 알아내야 상황을 유리하게 바꿀 시도를 할 수 있었다.

그때 병사들 중에서 흑마법에 대해 아는 이가 나섰다.

"드러커 님이 그러셨는데 지금 만드는 마법은 지옥의 문이라던가 뭐 그런 거라던데."

"지옥의 문? 그게 뭐야?"

"적들을 골라서 없애 버리는 마법이라고 하더라고."

위드는 흑마법에 대한 글을 봤던 기억이 났다.

사람들이 강해지는 데 관심이 많다 보니 고위 흑마법들을 직접 익히진 않더라도 그에 대한 소문이나 정보는 자주 이야기했다.

'아마 지옥의 문은 광범위 파괴 마법에 속했지.'

혼자서는 절대 쓸 수 없는 파괴 마법.

마법진과 고위 흑마법사들이 다수 동원되어야 했다.

마나 소모량이 최하 400만이 넘고, 생명의 희생이 5,000

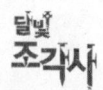

명 이상 필요한 궁극의 흑마법 중 하나!

지옥의 문이 열리면 해당 지역에 있는 생명체들이 강제로 그곳으로 끌려가게 된다. 그리고 지옥으로 넘어간 이들은 결국 마물과 마족 들의 먹이가 되고 만다.

또한 마물들도 이쪽 세계로 넘어오게 되는데, 이들은 흑마법사들이 하수인으로 부릴 수 있었다.

자하브가 와서 작은 목소리로 말했다.

"흑마법의 완성을 방해해야 하지 않겠는가. 마법이 발동되면 모두 끝장이야."

"우리만으로는 무리입니다."

"그래도 해 보는 데까지는 해 봐야지. 내가 흑마법사들을 처리하면 마법을 취소시킬 수 있을 거네."

"그렇게 하면 자하브 님의 생명이 위험합니다."

"내가 죽더라도 놈들을 그냥 지켜볼 수는 없네."

"그래도 안 됩니다."

누구든 먼저 나서는 그 순간 흑마법사들과 마물들의 집중 공격을 받게 될 것이다.

자하브가 강하다고는 하나 흑마법을 무시할 수는 없었다.

"지금 나를 걱정할 때가 아니지 않은가."

"그래도 마법의 완성까지는 조금 시간이 남아 있는 것 같습니다."

초조해하는 가운데 시간이 흘러갔다.

왕성의 내부에서 심상치 않은 흑마법이 준비되고 있다는 소식이 라움 왕국으로도 전해졌는지, 병력이 계속 왕성 내부로 밀려들어 왔다.

라움 왕국의 중앙 기사단, 루벤스톤 왕국의 근위 기사단, 고르골 공국의 강철 기사단.

연합국의 최정예 기사단이 계속 진입했다.

'아직은 끝이 아닐 거야. 무언가 더 큰 변수가 생기겠지. 노들레가 성공했다면 그가 기회로 이용할 만한 상황의 반전이 있었을 거야. 그게 없다면 자하브가 마법은 취소시킬 수 있더라도 퀘스트 자체는 실패한다.'

위드는 묵묵히 계속 기다렸다.

라움 왕국 연합군의 전력이 이 정도일 리는 없다. 고작 이게 전부라면 포르투의 국왕 측이 전쟁에서 패배하여 무너지는 왕성에서 흑마법을 완성하려 하며 웅크리고 있을 이유도 없기 때문이었다.

라움 왕국의 진정한 실력은 반드시 나타나리라.

무너지는 왕성 안에서의 시간과의 싸움!

위드는 계속 기회를 노리며 조각 생명체 부하들과 때가 오기만을 기다렸다.

"흑마법사들을 이곳에서 끝낸다!"

"용기를 내라! 티르의 가호를 받는 우리는 승리할 것이다. 그동안 숱한 악행을 저지른 이들을 단죄하자. 더러운 싸움의

종지부를 여기서 찍는다!"

라움 왕국과 동맹국에서는 새로운 기사단과 레인저, 보병들을 왕성 내부로 침투시켰다.

땅에 걸린 저주 마법과 마물들로 인해 이곳에서 우위를 점하지는 못했지만 화살과 검기가 날아다니는 치열한 전투가 벌어졌다.

"라움 왕국의 영웅 랜섬이다!"

"카르타르 기사단도 드디어 출격했어!"

마물과 싸우는 라움 왕국 연합군 측의 병력이 떠들썩했다.

랜섬과 카르타르 기사단.

박력 있는 그들의 검에는 마물들도 그대로 조각났다.

콜드림이 떠오를 정도로 강한, 라움 왕국 연합군의 영웅이었다.

"놈들을… 제거하라!"

"희생양이 더 필요하다. 피를, 시체를 원한다!"

포르투의 국왕이 외치자, 대기하고 있던 흑마법사들이 사악한 마력을 발휘하기 시작했다.

순식간에 흑마법을 발동하여 기사들을 향해 날렸다.

기사들과 마물들, 흑마법사들의 전투는 그야말로 치열한 공방전이었다.

'과연 고래 싸움이라고 할 만하군. 그리고 노들레와 힐데른은 그 사이에 끼어든 새우 신세이고 말이야.'

포르투 왕국의 궁수대장들이 소리쳤다.
"뭣들 하느냐! 너희도 이제 화살을 쏴라!"
"예!"
위드는 다른 궁수들과 함께 라움 왕국의 기사들을 노리고 화살을 쏘았다.
지금의 레벨이야 사실 의미가 없는 수준이기 때문에 맞히더라도 피해를 주지 못한다. 그래도 민첩이 지나칠 정도로 높아서, 거의 백발백중이었다.
궁수대장이 위드를 칭찬했다.
"굉장한 실력이군."
"감사합니다. 훈련을 통해 대장님께 제대로 배운 덕분입니다."
"음, 한 놈씩 확실히 죽여라."
"넷!"
위드는 일부러 생명력이 넘쳐 나는 멀쩡한 기사들만 노려서 피해를 최소화했다. 그러면서 조각 생명체들을 향해 명령했다.
"대충 쏘는 시늉만 해라. 너희가 맞히지는 말고."
"알겠습니다, 주군!"
조각 생명체들도 건성으로 화살을 쏘았다.
그들은 병사로 보기에는 워낙 레벨이 높기에 공격을 맞으면 기사들조차도 위험할 수 있었다.

마족의 강림, 흑마법 지옥의 문 주문의 완성, 라움 왕국의 패배.
 어느 쪽이든, 흘러가는 상황들이 위드에게는 아주 안 좋았다.

절묘한 배반

위드는 싸우는 시늉을 하며 끊임없이 눈치를 보고 있었다.
'내가 라움 왕국의 총사령관이라면 슬슬 왕성이 그냥 무너지기 전에 전력을 투입할 때가 되었는데…….'
쿠구궁!
천장의 진동이 더 심해졌다.
라움 왕국 공성 무기들의 공격이 거세어지고 있다는 뜻이다.
그리고 드디어 등장한 라움 왕국의 최정예 병력!
"우오오오오오!"
"대마법사 페더만 님이 오셨다."
하얀 로브를 착용한 마법사 무리가 지하로 들어오더니 공격 마법을 마구 시전했다.

"바람 압력!"

"신성한 벼락!"

"번개의 공!"

"화염의 물결!"

마법사 진영의 공격에 의해 불에 타서 쓰러지는 마물들.

페더만은 라움 왕국의 대마법사로, 포르투 왕국의 국왕을 격퇴시킨 바가 있는 대마법사였다.

드디어 위드가 기다리던 초대된 손님들이 모두 모여든 것이다.

꽈과과광!

마법사들끼리의 대결로 인하여 빛과 화염이 몰아쳤다.

위드는 조각 생명체 부하들의 등 뒤로 숨었다. 그리고 흑마법사들의 진영을 보니 챠크젤이 음침한 웃음을 띠며 지옥의 문 마법에만 전념하고 있었다.

'페더만이 아마도 조금 늦게 온 모양이다. 지옥의 문이 완성되어 버리고 말겠어. 뭐든 해야 해.'

왕성에 들어오고 나서 한참 동안은 노들레보다 진도가 빨리 나갔다. 하지만 약탈을 하거나 조각 변신술을 쓰느라 지체한 시간이 있기 때문에 지금은 오히려 노들레가 먼저 움직였을 수도 있다.

'아깝지만 써야 되겠군.'

품에서 자이언트 파이어 골렘 소환 스크롤을 꺼냈다.

마법사의 가디언 중 최강으로 불리는 존재.

대마법사 로드릭이 직접 제작한 마법 스크롤!

돈 주고도 사지 못할 물건이지만, 팔려고 한다면 바가지를 있는 대로 씌우고 그 후에 생색까지 낼 수 있는 물품!

'인생이란 투자 없이는 되지 않지. 목 좋은 곳에 땅이라도 산 셈 치면 마음이 편할 거야.'

위드는 땅 투기를 하는 심정으로 스크롤을 찢었다.

조용히 빛의 먼지가 되어서 사라지게 된 스크롤!

"살을 녹이고 뼈를 부패시키는 망령들이여, 이곳으로 오도록 하라."

"묵직한 일격."

흑마법과 공격 마법이 난무하던 전장이 갑자기 조용해졌다.

"이게 어째서……."

"마나가 모이지 않는다."

"마법진도 작동되지 않고 있어."

라움 왕국의 기사들도 스킬을 사용하지 못하고 있었다.

페더만을 따라온 마법사들과 지옥의 문을 열려던 흑마법사들도 크게 소란을 피우며 떠들어 댔다.

자이언트 파이어 골렘!

궁극의 골렘 소환으로 인하여 일대가 마나 공백 지대가 되어 버린 것이다.

쿠우우우우우웅!

지하 공간을 울리는 어마어마한 소리!

그리고 마치 지진이라도 나서 왕성이 무너지는 것처럼 땅이 뒤흔들렸다.

천장에서 자잘한 돌 조각들은 물론이고 커다란 암석까지도 떨어져 나와 마물들과 기사들을 덮쳤다.

라움 왕국의 기사들과 연합군 측에는 그래도 나쁜 일은 아니었다. 그들의 몸에 깃들어 있던 흑마법의 효과마저 갑자기 풀어져서 정상으로 돌아온 것이다.

그리고 곧이어 사방에서 화염의 기운이 몰려들더니 자이언트 파이어 골렘이 소환되었다.

-쿠아아아아아아!

불의 기운을 내뿜으면서 주변에 있는 마물들을 짓밟았다.

마물들은 골렘에게 가까이 접근하는 것만으로도 몸이 타서 전소되어 버렸다.

자이언트 파이어 골렘과 소환자인 위드는 영혼의 교감으로 연결되어 있는 상태!

위드는 귓속말을 보냈다.

-널 부른 사람이 나다.

-지시를 내려 다오.

-일단 인간들은 피해서 마물들을 휩쓸어라. 그리고 그러

면서 기회가 되면 흑마법사들을 공격하도록 해.
-알겠다.
-그리고 조심할 점이 있는데… 나랑 알은척해선 안 된다.
-어째서지?
-인생이란 그렇게 복잡한 거야. 길게 알 것 없어.
-…….

자이언트 파이어 골렘은 명령을 충실하게 이행했다.

길게 늘어나는 화염의 팔로 마물들을 붙잡아서 태워 버리고, 흑마법사들을 향해 불의 정화를 쏘아 냈다.

흑마법사들은 보호 마법을 펼쳤지만 유성처럼 날아온 불의 정화들은 장벽을 뚫고 음침한 로브를 착용하고 있던 그들을 한 줌의 재로 만들었다.

"지원군이다!"
"기회를 놓치지 말고 어서 적들을 도륙해라."
"기사단이여, 영광의 돌격을 위하여 정렬하라!"

라움 기사단은 사기가 올라서 힘을 냈다.

그들을 따라온 다른 왕국의 기사단과 병사들도 마찬가지였다.

수세에 몰려 있었지만 마물들이 줄어든 틈을 타서 흑마법사들을 향하여 돌진!

페더만과 마법사들은 다 함께 모여서 어마어마한 마법을 준비하였다.

질서 계열 대마법 중 하나인 힘의 충격!

"이런."

위드는 그들을 보며 잘한다고 기뻐할 수도 없는 처지였다.

페더만의 마법이 어느 쪽으로 향하게 될지를 모르기 때문!

라움 왕국 연합군이 이기더라도 포르투의 병사로 위장하고 있는 위드와 자하브, 조각 생명체들을 언제든 공격할 수 있었다.

그렇지만 흑마법사들의 대응도 기민했다.

준비되어 있던 인간들, 왕성에서 일하던 시녀들을 희생양으로 삼아서 추가로 마물들을 소환했다. 게다가 지옥의 문을 위한 마법진 작업에 참여하고 있던 고위 흑마법사들까지도 전부 전투에 가세하였다.

암흑의 기운을 모아서 자이언트 파이어 골렘을 향하여 마구 쏘아 냈다. 흑마법사들에게 소환된 커다란 뱀이 골렘의 몸을 물어뜯으며 싸우기도 했다.

자이언트 파이어 골렘은 어마어마한 생명력과 회복력을 가진 탓에 흑마법사들의 공격에도 잠깐 위축되기는 해도 몸의 불길들은 더욱 크게 타올랐다.

골렘이 움직일 때마다 마물들이 튕겨 나가고 충격으로 지하 공간이 우르르 떨렸다.

"이러다가 왕성이 더 빨리 무너질 수도 있겠군."

위드는 그나마 없던 시간이 골렘으로 인하여 더욱 단축될

수도 있다고 여겼다.

> -자이언트 파이어 골렘 소환 유지시간이 9분 37초 남았습니다.

마법 스크롤을 찢어서 나온 골렘이기 때문에 보유한 마나가 고갈되면 사라지게 된다. 유지되는 시간 동안 최대한의 이득을 보지 않으면 안 된다.

"궁수 부대, 뭐 하느냐! 어서 공격해라!"

"옛, 대장님!"

포르투의 기사들과 병사들도 전원 공격에 가담하였다.

위드는 궁수라서 싸움에 동원될 필요는 없어서 그나마 다행.

하지만 마법이 난무하고 있었기에 따로 안전지대라 할 만한 곳이 없었다.

병사들이 있는 바로 옆으로도 라움 왕국 마법사들이 시전한 마법들이 날아왔다.

'여기서는 1분도 버티기 어렵겠다. 우리가 공격을 당하더라도 흑마법사들이 보호 마법을 써 줄 턱도 없고, 사제의 덕은 더더욱이나 바랄 수도 없겠지.'

위드는 이제 움직이기로 했다.

-골렘, 명령이다. 흑마법사들을 지키는 기사들을 덮쳐라.

-알겠다.

자이언트 파이어 골렘은 몸을 돌려서 흑마법사들이 모여

있는 장소를 습격하려고 했다.

 그러자 포르투의 국왕 친위 기사단이 나와서 파이어 골렘을 가로막았다. 또한 흑마법사들도 골렘을 향하여 마법을 퍼부었다.

 -쿠워오오오오오!

 마법에 적중당하여 괴로워하는 골렘!

 하지만 그 덕에 이제 흑마법사의 앞은 지켜 주는 기사들도 없이 텅 비어 있었다.

 "가라, 나의 부하들이여! 철일부터 철사까지, 화살을 아끼지 말고 쏴라."

 위드는 조각 생명체 병사들에게 명령을 내렸다.

 4명의 궁수가 돌아서더니 흑마법사들을 향해 화살을 쐈다.

 "막을 수 없는 화살!"

 "분산 사격!"

 "신속한 발사!"

 엉성하게 라움 왕국의 기사들을 빗나가게 노릴 때와는 달랐다.

 조각 생명체 궁수들이 쏘는 화살이 흑마법사들을 향하여 퍼부어졌다.

 기본적으로 관통과 파괴력 향상, 속사 스킬이 높기 때문에 흑마법사들에게는 큰 피해를 줄 수가 있었다.

 "크에엑!"

"배반……."

"마법이 역류한다!"

주문을 외우던 흑마법사들은 화살의 기습을 당했다.

10명이 넘는 흑마법사들이 화살에 적중당해서 쓰러지거나 회색빛으로 변했다.

흑마법은 중간에 취소가 되고 나면 불안한 마력이 폭주를 한다.

"아… 안 돼! 주문 취소! 헉! 취소가 되지 않는다. 으아아아악!"

소환 마법을 준비하던 이들로 인하여 통제가 되지 않는 마물이 나타났다. 그리고 가까이 있는, 흑마법을 시전하던 당사자를 공격하고 잡아먹었다.

"이런 곳에서 하찮은 놈들에게 죽다니……."

"커어억! 온몸이 끓어오른다."

무리하게 제물을 바치며 흑마법을 시전하던 마법사들은 마나의 역류로 인해 괴로워하며 죽어 나가기도 했다.

조각 생명체 궁수들은 마법을 시전하던 다른 흑마법사들에게도 화살을 쏘았다.

재빠르게 보호 마법을 펼쳐서 막아 내기도 했지만, 갑작스러운 화살 공격에 의해 피해를 입고 죽임을 당하는 흑마법사들도 많았다.

사용하는 활이 조각 생명체 궁수들이 쓰기에는 수준이 너무 떨어지는 물건이라서 최대의 위력을 발휘하지는 못했다. 그럼에도 생명력이 낮은 흑마법사들에게는 치명적이기 짝이 없었다.

위드가 공격을 지시했던 순간이, 하필 대부분의 흑마법사들이 골렘이 접근하는 걸 막기 위해 공격 주문을 외우고 있었던 때였던 점도 크게 작용했다.

조각 생명체 창병과 검사는 용감하게 땅을 박차고 흑마법사들을 향하여 뛰어갔다.

화살 공격에 의해서 쓰러지는 흑마법사들에게는 일절 관심을 두지 않았다.

"잿빛 로브를 쓴 놈부터 우선 처리해!"

위드가 정해 준 목표를 향해 공격!

"회전 창술!"

"포르투 왕국 검식!"

흑마법사들이라고 해도 근접전에서 취약한 건 마법사들과 마찬가지.

미리 점찍어 놓았던 강한 흑마법사 셋이 처리되었다.

위드와 조각 생명체 병사들의 반란으로 흑마법사들의 전력이 삼분의 일이나 줄었다. 그리고 그 순간 자하브는 포르투 왕국의 국왕을 향하여 달려가고 있었다.

그의 임무는 국왕의 척살!

가장 중요한 일을 위드는 자하브에게 떠넘긴 것이다.

"전부 내 앞을 막아라!"

국왕이 소리를 쳤지만 친위 기사들은 자이언트 파이어 골렘을 상대하느라 급급해서 구하러 올 수가 없었다.

흑마법사들만이 겹겹이 움직여서 그를 구하기 위해 몸을 던졌다.

자하브의 검에서 빛이 강렬하게 일어났다.

"조각 검술!"

현 시점에서 사용할 수 있는 가장 편한 스킬!

공격력 자체는 그리 높지 않지만 흑마법사들을 처리하기에는 충분했다.

자하브의 검에 의하여 흑마법사들이 마구 목숨을 잃었다. 그리고 마침내 국왕에게까지 다가갈 수 있었다.

하지만 주변에서 공격을 받지 않은 다른 고위 흑마법사들이 저주 마법을 외우기에는 충분한 시간이었다.

"내부 출혈."

"미칠 듯한 괴로움!"

"피부 약화!"

자하브는 정신적인 고통에 시달리며 실제로도 어둠의 힘에 의하여 몸의 혈관들이 찢어지고 터졌다. 하지만 흑마법사들을 상대로 하면서는 시간을 주지 않는 것이 최선이기에 국왕을 향하여 그대로 검을 휘둘렀다.

"암흑 신체!"

포르투의 국왕은 검게 물든 단단한 팔로 검을 막아 냈다.

흑마법사들은 제물을 바치거나 신체를 개조하여 방어력을 강화시킬 수 있다. 국왕은 자신의 마력과 생명력을 원천으로 신체를 순간적으로 강화한 것이다.

"어림없다! 폭풍 연속 베기!"

자하브는 검을 마구 휘둘렀다.

국왕은 더욱 길고 두꺼워진 양팔로 연속 공격을 막아 냈다. 팔과 검이 부딪치는데 불꽃이 튀어 올랐다.

"철오, 계속 흑마법사들을 제거. 철육, 챠크젤이 마법을 성공시키지 못하도록 방해."

"옛."

"알겠습니다."

갑작스러운 기습으로 흑마법사들이 사망하거나 허둥대고 있었다. 이는 마물들에게도 영향을 줘서, 소환된 이들이 약화되거나 마나의 연결이 끊어져서 버티지 못하는 놈들은 땅에 쓰러졌다.

포르투 왕국의 기사들과 병사들이 건재하지만 주력은 마물의 부대였음을 감안하면 라움 왕국과 연합군 쪽에는 다시 없을 기회를 위드가 만들어 낸 것이다.

하지만 일은 쉽게 풀리지 않았다.

"놈들 사이에 자중지란이 일어났군. 과연 믿을 수 없는 자들이다. 프로스트 번!"

페더만과 마법사들은 가리지 않고 공격을 퍼부었다.

그들의 공격은 국왕과 싸우고 있는 자하브와 철오, 철육에게로 향했다. 포르투 왕국의 진영에 있는 위드와 철일, 철이, 철삼, 철사에게도 마법 공격이 가해졌다.

그렇잖아도 궁수 부대에 속해 있으면서 배신을 한 참이라서 위드는 다른 병사들로부터도 공격을 받을지 모르는 위험한 찰나였다. 그런데 마법사들의 광역 마법까지 날아오다니!

"내가 이럴 줄 알았어!"

냉정하게 본다면 라움 왕국은 같은 편이라고도 할 수 있다. 그렇지만 그들은 포르투 왕국 병사의 행색을 하고 있는 위드와 조각 생명체 부하들의 사정은 안중에 두지 않고 공격을 했다.

위드와 조금 떨어진 곳에서 폭발 마법이 작렬하였지만, 조각 생명체 궁수들이 파편을 뒤집어써 준 덕에 무사할 수 있었다.

-골렘!

-말하라.

그래도 다행히 자이언트 파이어 골렘이 있지 않던가.

그는 포르투 왕국의 친위 기사들과 싸우고 있었지만, 흑마법사들의 공격이 중단되면서 여유가 있는 상태였다.

-오른쪽으로 움직여!

-알겠다.

자이언트 파이어 골렘을 이동시켜서 라움 왕국의 마법사들에게 노출되는 걸 막았다.

"철일부터 철사는 어떻게든 버텨라!"

위드는 작게 속삭여서 명령을 내렸다. 그리고 서윤을 등에 업고 흑마법사들이 있는 곳으로 내달렸다.

"저놈들이 배반했습니다! 포르투 왕국의 배반자들입니다!"

동시에 내뱉은, 절묘한 타이밍의 고자질!

"……!"

위드를 공격하려던 흑마법사들은 즉각 돌아서서 조각 생명체 궁수들을 향하여 마력탄을 날렸다. 그리고 포르투 왕국의 다른 병사들도 조각 생명체 궁수들을 향하여 공격을 했다.

조각 생명체들로서는 어이없어할 수밖에 없었지만, 화살을 쏘아서 마력탄을 파괴하고 공격을 막아 냈다.

레벨 차이가 조금 있으니 당장 위험에 처하진 않으리라.

하지만 직업이 궁수이다 보니 생명력이 낮고, 왕실 기사들이 가까이 접근하면 상대할 수 없었다. 하물며 라움 왕국 연합군 역시 조각 생명체들에 대해 가리지 않고 공격을 하고 있다.

이제 위드는 뒤쪽에 내버려 둔 부하들에 대해서는 관심을 접었다.

'어떻게든 살아남아 주기를 바랄 수밖에.'

위드는 스스로와 서윤을 지키는 것만으로도 벅찼다.

흑마법사들의 뒤쪽 구석에 숨어서 자이언트 파이어 골렘

을 향해 화살을 쏘는 시늉을 하며 주변을 관찰했다.

자하브와 철오, 철육이 가까운 곳에서 전투를 펼치고 있었다.

자하브와 국왕은 팽팽하게 서로 맞섰다. 물론 검을 사용하는 자하브가 아주 유리했지만 돌아온 국왕 친위 기사들과 흑마법사들이 견제를 하고 있었다.

국왕은 갖은 흑마법을 사용하며 잘 버텨서 호락호락하게 죽지는 않았다.

철오는 긴 창을 휘두르며 다른 흑마법사들 사이를 헤집고 다녔으며, 철육은 챠크젤에게 달라붙었다.

챠크젤은 이곳에서 국왕을 가르친 흑마법의 최강자!

챠크젤의 몸은 검에 의하여 많이 베였지만 죽음과는 거리가 있었다. 그는 공격을 당하면서도 마법을 완성했다.

"혼돈의 지배."

"커윽!"

철육이 검을 놓치더니 괴로워하며 머리를 부여잡았다.

띠링!

- 철육에게 마스터의 경지에 근접한 흑마법이 적중되었습니다.
지배 마법!
혼란을 일으켜 복종하게 만드는 마법입니다.
강한 정신력과 충성의 속성이 이를 이겨 냅니다.
철육은 변함없이 당신에게 절대적인 충성을 바칠 것입니다.

철육은 다시 검을 들고 챠크젤을 공격했다.

물론 그사이에 지옥의 문 마법은 어떤 흑마법사도 관리를 하지 못해서, 그동안 모은 마나가 무시무시한 소용돌이를 일으키며 퍼져 나갔다.

"어. 리. 석. 은. 놈. 너. 는. 인. 간. 은. 아. 니. 구. 나."

철육으로 인해 지옥의 문 마법이 취소되어 버린 것에 분노한 챠크젤이 무시무시한 고함을 터트렸다.

그리고 마나의 폭주 현상이 걷잡을 수 없이 일어났다.

'이건 진짜 위험하다.'

위드는 곧바로 가장 뒤쪽의 구석에 숨었다.

검은 마나의 소용돌이가 움직이며 근처에 있는 흑마법사들에게로 향했다.

"크에에엑!"

"아, 안 돼!"

흑마법사들의 모든 생명력과 마나를 흡수하며 다른 곳으로 또 이동!

불규칙적으로 움직이는 검은 소용돌이는 측정하기 어려운 거대한 마나를 담고 있었다.

"철오, 흑마법사들은 놔두고 국왕을 없애라."

"다가갈 수가 없습니다."

"그래도 뭐라도 해!"

철오는 국왕을 향하여 창을 던졌다.

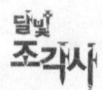

슈우우우우웅!

자하브와 싸우느라, 그리고 검은 마나의 소용돌이로 국왕과 친위 기사들은 정신이 팔려 있었다.

공기를 꿰뚫고 날아간 창이 국왕의 등에 박혔다.

"우아아아악!"

하지만 그럼에도 죽지 않는 국왕!

철오가 땅에 있는 아무 무기나 집어 들고 국왕에게로 바람처럼 달려갔다.

충성이란 때때로 무모할 정도의 용기를 주기도 한다.

자하브와 국왕이 다투고 있는 곳은 철오의 가세 후 승기가 확실히 넘어왔다.

그렇지만 국왕의 몸에서 창이 뽑혀 나오고, 커다란 상처도 빠르게 다시 치유되었다.

"흑마법은 정말 지긋지긋하군. 저런 기술을 택했어야 하는 건데."

위드가 감탄하는 사이에, 챠크젤은 뒤쪽으로 움직이며 마법 게이트를 열었다.

"언. 젠. 가. 다. 시. 돌. 아. 오. 리. 라. 그. 때. 에. 는. 반. 드. 시. 되. 갚. 아. 주. 리. 라."

챠크젤은 게이트를 통하여 떠나 버렸다.

상황이 틀린 걸 알고 피해 버린 것이다.

자하브와 조각 생명체 병사들은 어찌한다고 쳐도, 자이언트 파이어 골렘도 성가시다. 이런 장애물들을 치워 내더라도 라움 왕국의 마법사 군단과 기사들이 있다.

지옥의 문 마법도 취소된 마당이니 무너지는 성에 남지 않고 깔끔하게 떠나는 쪽을 선택한 것이다.

그리고 국왕의 사망!

"크아아아아!"

자하브의 검에 의해 국왕은 잿빛 기운을 퍼트리며 쓰러졌다.

그의 몸에서 나온 아이템 중에 구슬이 있었다.

자하브는 검으로 그 구슬을 깨뜨렸다.

띠링!

힐데른을 위하여 완료
힐데른의 정신과 생명력을 봉인한 구슬은 깨어졌습니다.
마족이 강림하려고 하더라도 인간의 의지가 있는 한 쉽게 몸을 빼앗기지는 않을 것입니다.

-마족 강림을 방해하였습니다.
모험으로 인해 모든 스탯이 8씩 증가합니다.
신앙심이 40 오릅니다.

"됐다!"

퀘스트의 성공!

그러나 기뻐할 사이도 없었다.

지옥의 문 마법이 취소되며 생성된 마나 덩어리들은 라움 왕국 연합군 쪽으로 가서 주변을 휩쓸어 버리고 있었다. 또한 자이언트 파이어 골렘은 페더만과 마법사들에게 공격을 받아서 사라지기 직전이다.

"폐하!"

"아, 안 돼! 이럴 수는 없어. 이렇게 된 이상은 모두 죽는 거다!"

국왕이 죽자 절망한 흑마법사들은 무섭게 눈을 뒤집고 쓰러졌다. 자신들의 육체를 희생해서 흑마법으로 계약된 마족들을 잠깐이라도 이 세상에 깨어나게 하려는 것이다.

위드의 머리는 현재의 상황을 냉정하게 따져 보았다.

'흑마법사들은 적, 포르투 기사들에게 우리는 철천지원수, 라움 왕국 연합군도 우릴 살려 주려고 하지 않아.'

라움 왕국 측에서는 흑마법사의 뿌리를 뽑기 위하여 관련된 모든 이들을 묻지도 따지지도 않고 제거하려고 했다.

'나처럼 깨끗하고 하늘을 우러러 한 점 부끄러움이 없는 사람이 어디에 있다고.'

사방이 적!

왕성마저 곧 무너질 테니 생각을 오래 하거나 눈치를 볼 필요도 없었다.

"어서 빠져나갑시다. 어서 모두 따라와라."

위드는 지하의 뒤쪽 공간을 향해서 달려갔다.

자하브와 철오, 철육 그리고 어렵게 몸을 빼낸 철일과 철삼이 쫓아왔다.

철이는 전투 중에 큰 부상을 입어서 사망, 철사는 라움 왕국의 기사단에 포위되어 빠져나오지를 못했다.

"이렇게 허망하게 둘을 잃어버리게 되다니."

위드는 달려가면서도 슬픔을 감추지 못했다. 하지만 그런 여유도 길게 가지 못했다.

"폐하를 시해한 역적들! 죽어라!"

국왕의 친위 기사들이 계속 덤벼들었던 것이다.

자하브와 조각 생명체 병사들은 이들을 막아 내야 했다.

이미 흑마법사들의 저주에 의하여 몸이 정상이 아니었기에 그들의 사정도 결코 좋지 못했다.

와중에 일부 흑마법사들이 날린 마법 공격을, 철육이 몸을 던져 대신 맞아 주었다.

"안 돼!"

"커억."

철육은 연속 마법 공격을 당하고 땅에 쓰러졌다.

제대로 갑옷이라도 챙겨 입었다면 좀 나았을 텐데 일반 병사로 위장을 하느라 방어력이 형편없었다.

"억울한 자의 저주!"

위드에게도 피하기 힘든 저주 마법이 걸렸다.

-행운이 감소합니다.
몸이 무거워지고 이동속도가 느려집니다.
마나가 회복되지 않습니다.
어떠한 암흑의 저항력도 없기 때문에 사제의 축복을 받기 전에는 풀리지 않을 것입니다.

"어서… 가십시오."

철육은 검으로 땅을 짚고 일어섰다.

"놈들을 막겠습니다."

위드는 잠깐 걸음을 멈췄다.

어떻게든 철육을 살려서 데리고 가고 싶었다. 설혹 조금의 위험을 감수해야 한다 하더라도!

하지만 철오가 말했다.

"가셔야 합니다. 주군을 위하여 철육이 죽을 수 있게 해 주십시오!"

"어서 가셔야 합니다!"

"주군을 지키는 것이 우리의 임무입니다. 저희 또한 언제라도 목숨을 바칠 준비가 되어 있습니다!"

철일과 철삼도 화살을 쏘며 빠르게 외쳤다.

"젠장!"

돌아서서 달리는 위드는 마음이 안 좋았다.

아주 예전에, 여동생이 어릴 때 아팠는데 병원에 가지 못했을 때가 떠올랐다.

동생이 무려 10시간이 넘게 울면서 밤새 잠을 못 자고 열에 시달렸지만 병원에는 데려가지 못했다. 의료보험비도 내지 못하고 있어서 병원에 낼 돈이 없었다.

 뼈에 사무치는 듯한 처절한 무력감!

 지금은 저축도 상당히 많이 했고 벌어들이는 소득도 컸지만 그때의 한은 아직도 잊히지가 않았다.

 부모 없이 가난하게 자라면서 쌓인 숱한 한들이 어찌 쉽게 해결될 수가 있겠는가.

 위드는 정도는 달라도 그때와 비슷한 감정을 느꼈다.

 마법의 대륙에서 최강자가 되고 난폭한 성격을 가졌던 이유는, 현실이 비참했기 때문이다.

 현실에서 병적으로 육체 단련을 하고 로열 로드에서 닥치는 대로 노가다를 하며 성장했던 이유는, 다시는 무력감을 느끼고 싶지 않았기 때문이다.

 자하브가 외쳤다.

 "이쪽으로 가면 밖으로 빠져나갈 수 있는 통로가 있는가?"

 위드는 숨이 차서 헉헉대며 주변을 돌아보았다.

 워낙 약체인 몸이라 저주 마법이 걸리고 나서 얼마 되지도 않았는데 빠르게 지쳤다.

 지하 공간의 뒤쪽으로는 계속 길이 이어져 있었다.

 "저도 모릅니다. 하지만 성이 무너지는 상황이니 흑마법사들이 빠져나갈 수 있는 방법을 뭐라도 마련해 놓지 않았을

까요?"

"그래도 없다면?"

"죽어야죠, 뭐."

깔려서 죽거나 적들에게 죽거나, 둘 중 하나를 선택할 기회 정도는 주어지리라.

그리고 철삼의 낙오!

그는 통로로 들어가기 전에 추격자들을 따돌리겠다면서 다른 곳으로 움직였다.

"혹시라도 제가 죽지 않고 살아남는다면, 남은 저의 생에서 이 은혜를 갚겠습니다."

충직한 말을 남기고 철삼은 포르투의 기사들을 유인했다.

"철삼아!"

위드는 탄식하며 계속 이동했다. 뒤를 따라오는 건 자하브와 철일, 철오뿐이었다.

퀘스트는 성공을 거두었다지만 보람보다는 비애만이 가득했다.

'저놈들에게 시킬 일이 산더미 같은데 이렇게 헤어져야 하다니.'

그리고 길의 끝에 나타난 것은 워프 게이트였다. 하지만 천장에서 떨어진 돌에 의해 마법진의 일부가 훼손되어 있었다.

수명을 다해 가는 형광등처럼 깜박이는 워프 게이트!

위드는 여기서 간신히 안도의 한숨을 내쉬었다.

"조금만 늦었더라도 끝날 뻔했군."

약간의 숨을 돌릴 수는 있었다.

그러나 국왕의 친위 기사들이 뒤를 쫓아오고 있었고, 라움 연합군도 흑마법사와 관련된 모든 이들을 처단하려 하고 있다.

"자네 먼저 들어가게."

자하브의 권유에 위드는 고개를 저었다.

"아닙니다. 자하브 님이 먼저 들어가십시오."

위험은 여기서 끝이 아닐지도 모른다.

어떤 곳으로 가게 될지도 모르는 게이트인데 먼저 들어가는 손해를 감수할 필요는 없었다.

"그러면 나부터 가지. 금방 따라오게."

"예!"

위드는 시키지 않아도 곧바로 뒤를 따를 작정이었다. 시간을 오래 끌다가 마법 게이트가 사라지기라도 하면 큰일이니까.

자하브가 먼저 마법 게이트로 들어가서 사라졌다.

위드는 조각 생명체 부하들을 향해 말했다.

"너희도 곧바로 따라오너라."

"예!"

"알겠습니다."

위드가 서윤을 업고 게이트로 뛰어들었다.

하벤 제국의 황궁 건설에 참여했던 건축가들은 모여서 축배를 들었다.

"건배!"

"실컷 마십시다. 오늘 술값은 미블로스 님이 내신다니까요."

"자, 제대로 취해 보자고요."

맥주를 실컷 마시며 건축가들은 황궁 건설을 마친 걸 기념했다.

사실 황궁은 진작 지어지기는 했지만 본건물을 포함하여 대략적인 외부 형태를 다 꾸며 놓았을 뿐이다. 내부 실내장식이 일부 덜 되어 있다거나 추가적인 보강 공사를 하여야 할 부분이 있어서, 완전한 공사 완료는 바로 오늘에서야 이루어졌다.

대륙을 정복하려는 하벤 제국의 황궁답게 천장과 벽은 통째로 황금을 발라서 화려함의 극치였고 면적과 높이도 대단했다.

건축가들에게는 아낌없는 자금 지원이 이루어져서, 그들이 본 궁전들 중에서 최고로 특별하게 지었다.

아렌 성 근처의 방대한 부지에 지어진 황궁은 그 웅장하고 위엄 있는 모습으로 보는 사람들의 감탄을 절로 자아내게 했다.

"이제 이 건물은 베르사 대륙의 가장 유명하고 비싼 건축물로 남겠지."

"수십 년이 지나도록 이 작업에 참여한 우리의 이름이 기억될걸."

"하벤 제국의 상징물이 될 거야."

건축가들에게는 큰 자랑거리였다.

중앙 대륙의 건축가들은 그동안 성벽 쌓기와 성의 보수 작업에 전문적으로 참여했다. 전쟁이 워낙에 잦다 보니 건물 건설보다는 아무래도 성벽과 요새 축성이 특기일 수밖에 없었다.

하벤 제국의 황궁 건설은 그들에게도 작지 않은 도전이었지만 보란 듯이 성공을 시켜 버린 것이다.

황궁은 NPC 기사들과 귀족들의 충성도를 올리며 주민들의 복종을 강요하는 것으로도 그 가치를 충분히 입증하고 있었다.

비슷한 시기에 아르펜 왕국의 왕궁도 지어지고는 있었지만, 방대한 면적과 화려함에 있어서는 비교도 되지 않았다.

주민들의 적극적인 참여와 예술가들의 조각, 그림 등은 아르펜 왕국에 더 많을지 모른다. 하지만 하벤 제국의 황궁은 대륙 전체에서 약탈로 끌어모은 귀한 골동품과 예술품도 잔뜩 보유하고 있었다.

보석과 황금으로만 지은 예술관도 있었기에 건축가로서는 이보다 더 사치스럽고 호화로운 작업을 다시 해 볼 기회를 얻기란 힘들리라.

못 짓는 건물이 없다는 건축가 미블로스가 전격 참여하였기에 황궁은 성공적으로 완성되었다.

하지만 그는 황궁이 완성되는 날 축하연에는 참여하지 않았다. 여행복을 입고 아렌 성의 북쪽으로 몰래 빠져나가고 있었다.

"중앙 대륙에서 할 일은 다 했으니 이제 북쪽으로 가야 되겠군. 그곳에서 건축가로서 땅을 일구고 도시를 세워 보는 것도 재미가 있겠지."

마지막으로 황궁을 눈에 가득 담았다.

고개를 치켜들지 않고서는 그 장엄한 모습을 끝까지 다 올려다볼 수 없을 정도로 거대했다.

탑과 궁전 들이 우뚝 솟아 있었고, 그 앞의 드넓은 광장에는 대리석이 깔려 있다. 태양의 밝은 빛에 번쩍이는 황궁은 여러 면에서 대륙 최고의 건축물이라고 할 만했다.

정복 전쟁을 위한 과정으로 여겼던 헤르메스 길드에서도 완공된 황궁을 보며 뛸 듯이 기뻐했을 정도다.

"저 광경도 이제 다시 볼 수 없겠군. 앞으로 몇 달이나 가게 될까."

미블로스는 자신만이 알 수 있는 말을 중얼거렸다.

그는 건축가로서 최고의 경지에 닿아 있었다. 그리고 시공 경험도 다양해서, 건물을 감쪽같이 약화시키는 방법도 알고 있었다.

주춧돌 빼기!

엉터리 자재 사용!

잦은 설계 변경!

이를 통한 고도의 부실 공사!

황궁은 생각만큼 튼튼한 건물은 아니었다.

높은 만큼 무겁고, 중요한 기둥들이 받는 압력도 대단하다.

미블로스는 여기에 그가 익혀 두었던 건축의 비기 중 하나인 건물 붕괴술을 시전했다.

건축 자재들이 빠르게 약화되고 부식된다. 지반이 침하하게 만든다. 그리하여 어느 한순간 갑자기 폭삭 무너지게 된다.

황궁과 연결되어 있는 별궁들 그리고 중간의 높은 탑!

이 모든 것들이 그냥 지어져 있는 게 아니다.

황궁이 무너지는 순간 탑을 붕괴시키게 되고, 연달아서 별궁들까지 폭삭 주저앉게 되는 구조였다.

"헤르메스 길드야 망해도 싸지. 그리고 이걸로 나도 그동안 중앙 대륙에서 고생한 대가는 확실히 챙겼고."

미블로스는 헤르메스 길드에는 계속 더 나은 설계로 변경을 한다면서 시공 단가를 올려 받았다.

북부의 위대한 건축물을 비롯하여 대부분의 건축이 예산보다는 좀 더 들기 마련이라는 핑계로 당연하다는 듯이 넘어갈 수 있었다.

 물론 그럴 때마다 확실히 외관은 좋아졌기 때문에 오히려 헤르메스 길드에서는 환영을 했다.

 그러면서 재시공을 하며 자재들도 마구 빼돌렸다. 겉에만 황금으로 얇게 바르고, 내부는 값싼 구리로 채웠다.

 어차피 알 게 무엇인가. 건물을 뜯어 보기 전에는 모를 텐데.

 "이래서 부실시공을 제일 조심해야 하는 거지."

 미블로스는 콧노래를 부르며 북쪽으로 향했다.

 유린은 스무 살이 되고 나서부터 날이 갈수록 아름다워졌다. 그녀가 화폭에 그림을 그리고 있을 때면 남자들이 구름처럼 몰려들었다.

 대륙의 아침과 저녁, 밤의 풍경과 사람들을 그리면서 돌아다녔다.

 "그림을 그리는 게 정말 즐겁네."

 색채를 자유롭게 담아 넣고 세상의 아름다운 모습들을 그려 낸다.

그녀가 가장 좋아하는 건 모라타에 있는 빛의 탑이었다.

빛으로 물든 그 모습은 끊임없이 많은 구경꾼들을 모이게 하는 원동력.

유린은 그림을 그리는 이 시간이 가장 행복했다.

그녀가 그린 그림들도 실력이 일취월장하여, 화가의 언덕에 내놓아도 부끄럽지 않을 정도가 되었다.

화가들끼리 그림의 구도를 논하고 경치가 좋기로 이름난 곳에 대해 이야기하는 시간이 재밌었다.

유린은 미술을 즐기고 있었다.

"나중에 정말 화가가 되면 어떨까. 학교에서 미술 계열로 전공을 바꿔 버릴까?"

실제로 이런 비슷한 경우도 많았다.

일찍부터 로열 로드에서 미래의 희망 직업을 택해서 경험을 해 본다.

대표적으로 요리사, 상인, 농부, 축산업자!

"이건 도저히 할 짓이 아니야. 무슨 설거지가 끝이 없네."

"사람 상대하는 직업만큼 피곤한 게 없다더니. 어휴, 장사는 무슨… 접자!"

"이놈의 땅! 올해도 흉작이야. 근데 농산물 가격은 또 떨어지고 다른 지역에서 수입도 해 온다네. 싹 불이나 질러 버리고 싶다."

"돼지들이 왜 이렇게 많이 먹어. 똥만 계속 싸고……."

직업을 택해 보고 나서 치를 떨며 포기하기도 하고, 오히려 적성에 딱 맞다고 나중에 미래의 꿈을 바꾸기도 했다.
 다만 화가는 돈벌이가 쉽지 않다 보니 위드가 알면 끔찍해 할 생각이었다.

고요의 사막

위드는 게이트를 통해서 어딘가로 이동하며 현기증을 느꼈다.

이불 빨래를 하는 세탁기 안에 들어 있는 기분!

'설마 불완전한 게이트라서 이동에 실패를 해 버리는 것은 아니겠지?'

복권은 당첨 안 되어도 왠지 안 좋은 일은 정확히 맞을 것만 같은 예감!

위드는 서윤이 떨어져 나가지 않도록 꼭 끌어안았다.

어떻게든 그녀를 놓치면 안 될 것만 같은 기분이었다.

퀘스트를 계속 이어서 하지 못하게 된다는 실리적인 이유도 있었지만, 이렇게까지 고생을 해 준 그녀를 감싸 안아 주고 싶었다.

 짧은 순간이었지만 퀘스트를 완료했는데도 왜 아직 그녀가 깨어나지 않고 있는지에 대한 의문도 들었다.

 '분명 준비하고 있었을 텐데…….'

 상황이 너무 급해 귓속말을 보내지도 못했다.

 서윤은 깨어나 있기는 했다. 하지만 위드의 등에 업혀 있는 걸 알고 나서 얌전히 있었다.

 전투의 소음이나 달아나는 와중에서의 긴박함이 느껴졌지만 그냥 그대로 죽더라도 괜찮을 것 같았다.

 '편안해. 이렇게 쭉 있었으면…….'

 게이트를 통해 어딘가로 나왔다.

 그리고 위드의 입에서 비명이 터졌다.

 "으아아악!"

 팔다리를 허우적거렸지만 아무것도 잡히지 않는다.

 그들이 있는 곳은 공중!

 즉, 하늘이었던 것이다.

 "무슨 운이 어떻게, 한 번도 좋을 때가 없어!"

 위드는 원망과 함께 땅으로 추락했다.

 생명력이 낮은 지금의 상태로는 땅에 떨어져서 죽을 수도 있었다.

 '그래도 금방 땅에 닿으면 살지 않을까?'

 하늘이라는 걸 알고 난 후 1초 뒤에 든 생각!

'음, 약간 위험하겠지. 밑을 한번 내려다보면 상황이 나아질 수도 있어.'

그리고 다시 1~2초가 지났다.

'벌써 꽤나 떨어진 것 같은데… 이 속도로 떨어지게 되면 지금의 몸 상태로는 못 살아. 밑을 봐도 절망밖에 할 수 없겠지.'

이젠 마음의 준비를 했다.

'이런 식으로 죽는구나.'

4초 정도만에 삶을 포기하는 자세!

마침내 위드의 몸이 땅에 닿았다. 그런데 단단한 지면이 아니라 수북하게 쌓여 있는 모래 더미였다.

높은 언덕으로 쌓여 있는 모래에서 경사면을 타고 아래로 미끄러졌다.

대략 10미터가 넘게 미끄러지고 나서야 안전하게 멈출 수 있었다.

"어라!"

살았다는 기쁨도 잠시.

위드는 다시 모래언덕을 올라가서 주변을 돌아보고 좌절했다.

주변에 보이는 건 온통 붉은 모래뿐.

바람은 습기를 조금도 담고 있지 않았으며 태양 빛은 아주 뜨거웠다.

"여기도 들어 본 적이 있는 것 같아. 고요의 사막이로군!"

대륙의 10대 금역에서 북부와 반대되는 곳.

뜨거운 열사의 땅, 고요의 사막에 아무런 대비도 없이 오게 된 것이다.

⚜

헤르메스 길드의 라페이와 수뇌부는 제국의 황궁에서 대륙 전체를 대상으로 전략과 전술을 세웠다.

"체펜 지역에 적들의 요새를 파괴하기 위한 공성 병기가 부족합니다."

"근처에 있는 다른 자원은?"

"모두 사용 중이거나 정비 중입니다. 지형이 험하여 룻하르거의 발석차는 이동시키기가 어렵습니다."

"그렇다면 수도의 마법병단을 파견하라. 신속하게 체펜 지역을 장악해야 에버딘을 점령할 수 있으니 서두르도록 해."

"모슬리 쪽에서는 성벽이 함락되자마자 적들이 퇴각하고 있습니다."

"기병들을 이용하여 추격. 케톤 언덕 이상은 넘지 않도록 지시해. 그곳에서부터는 14기병대가 추격을 이어받는다."

대륙의 수십 곳에서 동시다발적으로 이루어지는 전쟁을 지휘한다.

하벤 제국의 영토가 너무나도 넓어져서, 군대를 효율적으로 움직이는 것만으로도 수뇌부가 할 일은 너무도 많았다.

'저항이 너무 약하군.'

대륙 정복 전쟁의 초창기에 비하면 적들이 성과 도시를 내주고 순순히 물러났다.

사자 사냥 계획.

헤르메스 길드가 다스리는 하벤 제국을 대상으로 꾸미는 적들의 음모!

세부적으로 보면 아주 복잡하지만 기본적으로는 NPC 병사들을 차근차근 소모시키다가 나중에 거센 공격으로 단숨에 숨통을 끊겠다는 전술이다.

'아무리 좋은 계획이더라도 실행에 옮길 수 없으면 소용이 없지. 전쟁은 머릿수가 아니라 판단으로 하는 것이다.'

연합군에는 워낙 많은 길드들이 뭉쳐 있다 보니 아무래도 자신들의 이익에 더욱 민감하기 마련이다.

이미 물러서기로 한 이상 거센 저항을 해 봐야 이득이 없다. 하벤 제국이 무너질 때에 최대한 이득을 챙기려고 하니 NPC 병사들을 소모시키는 임무에 대해서는 소홀하였다.

라페이는 이득이 있다면 이를 즉각 기회로 연결시켰다.

적들이 적극적이지 않은 때를 틈타서 헤르메스 길드의 수뇌부에서는 전격적이고 과감한 진군으로 최대한 넓은 영토를 얻으려고 하였고, 몇몇 강한 세력들을 바탕으로 역공도 펼쳤다.

 블랙소드 용병단처럼 나중에 성가시게 될 수 있는 쪽에는 맹공을 퍼부어서 괴멸적인 피해를 입히는 것이다.

 "연합군에서는 나중에 우리에게 한꺼번에 큰 피해를 입히려고 할 것이다."

 "어디서부터 시작일까요?"

 "아마 바드레이 님을 일차 목표로 삼겠지. 황궁에 있는 우리를 치진 못하니 그분이 우선이 될 수밖에 없어."

 바드레이와 친위대 그리고 중앙군이 모여서 그라디안 왕국을 접수하였다.

 하벤 제국 최대 최강의 군대가 그곳에 있었다.

 연합군에서는 대반전을 노리려면 바드레이를 공격하고 싶은 유혹에 시달리지 않을 수 없다.

 '설혹 다른 계획을 가지고 있더라도 그렇게 하도록 내가 만들어 주지.'

 라페이는 대륙 전체의 병력 이동 상황을 유기적으로 연결시켰다. 군대의 간격을 조절하고, 지형을 고려하여 점령 지역의 범위를 결정했다.

 갑작스러운 기습으로 큰 이득을 보려 하는 연합군에서는 굳건한 요새들이 근처에 있다면 굳이 넘보지 않을 것이다.

 바드레이는 목표가 될 수밖에 없다.

 '놈들은 이주일 안에는 준비가 될 거야. 그렇다면 전장도

내가 결정하도록 하지.'

라페이는 길드 마스터로서 명령을 내렸다.

"레인저와 마법사 부대를 루비돔 산맥으로 은밀하게 파견해. 그리고 각 지역에 있는 기사단은 출동 준비를 갖추고 대기하도록 지시를 내려."

"알겠습니다."

"바드레이 님에게는 군대를 정비하고 엿새 후에 루비돔 산맥을 지나서 노튼 왕국을 점령해 달라는 요청을 전달해라."

"루비돔 산맥요? 거긴 나무가 너무 많아 대군이 이동하기에 좋은 지형이 아닙니다. 길을 뚫는 데 시간이 많이 걸리게 될 텐데요."

"그렇기 때문에 반드시 루비돔 산맥을 통과해야 전쟁에서 유리해진다. 그리고 가능한 중앙 대륙을 빨리 점령해야 한다."

"무슨 일이 있었습니까?"

"팔마에게서 연락이 왔다. 일이 계획보다 빠르게 진행되고 있다고 한다."

팔마!

그는 헤르메스 길드의 비밀 병기였다.

헤르메스 길드는 처음부터 베르사 대륙을 통일하기 위하여 모인 단체였다. 마법의 대륙을 비롯하여 기존의 온라인 게임 최고의 유저들과 단체들이 하나의 깃발 아래 뭉쳤다.
　그들은 로열 로드의 시작부터 거대한 잠재력을 느끼고 대륙을 정복하기 위해 치밀한 계략을 짰다.
　'수만, 수십만이 즐길 게임이 아니다. 최소한 수백만 이상이 이 게임을 하게 될 거야.'
　최초의 가상현실이라는 점은 무궁무진한 장점을 갖고 있다.
　하지만 그들조차도 예상하지 못할 정도로 로열 로드는 폭풍 같은 인기를 끌며 커져 갔다.
　헤르메스 길드에서는 대륙 정복 계획에 따라 일부러 흩어졌다. 하벤 왕국 내에 위장 길드들을 여럿 세워서 그들을 이용해 손쉽게 경쟁자들을 제거했다.
　큰 출혈 없이 하벤 왕국의 주도권을 장악하고 이후에 왕국을 정복하는 데에는 이런 위장 길드들이 톡톡한 역할을 했다.
　팔마를 비롯한 암중의 그림자 부대들도 대륙의 곳곳에서 임무를 부여받았다.

　― 대륙에서는 수많은 길드들이 성장할 것이다. 그리고 그들의 왕국이 발전할 것이다. 그들을 방해하기 위한 작업을 하라.

대륙에는 수많은 위험 요소들이 있다는 걸 역사서 등을 통해서 알 수 있었다.

로열 로드가 열리고 나서 초창기는 춘추전국시대!

사악한 마법사와 몬스터 들이 성과 도시를 습격하여 파괴하도록 유도했다.

그림자 부대의 가장 큰 업적은 엠비뉴 교단을 예정보다 빨리 일으킨 것이다.

"엠비뉴 교단. 역사서에 보면 대륙의 평화를 위협했던 대단한 단체를 접했다는 보고가 있습니다."

"그래? 그렇다면 이용할 방법을 찾아보도록."

팔마를 포함하여 상당히 여러 명의 유저들이 엠비뉴 교단에 정식으로 가입.

교단과 관련된 퀘스트를 하고, 그들이 필요로 하는 아이템들을 구하고 신도들을 양성하여 엠비뉴 교단의 적극적인 활동을 앞당겼다.

"엠비뉴 교단이 상상외로 훨씬 대단합니다."

"그런가? 하벤 왕국을 제외한 다른 왕국들을 잠식해 들어가도록 해."

엠비뉴 교단의 세력 확대!

사제장이 된 팔마를 통해 엠비뉴 교단을 이용하여 경쟁자들을 약화시키고 대륙에 혼란을 일으키면서 헤르메스 길드가 안정적으로 성장할 수 있게 했다.

하벤 왕국이 제국으로 발돋움하는 동안 다른 경쟁자들의 방해를 받지 않고 앞서 나갈 수 있었던 데에는 엠비뉴 교단도 상당한 역할을 해냈다.

하지만 최근 엠비뉴의 성장세는 무시무시할 정도였다.

중앙 대륙이 전쟁으로 파탄이 날수록 엠비뉴 교단은 사방팔방으로 퍼져 나갔다.

하벤 제국에도 그 마수를 뻗쳐 오고 있을 뿐만 아니라, 사제장 팔마의 영향력으로는 막지 못할 정도였다.

'엠비뉴. 엠비뉴는 너무나도 위험하다!'

팔마는 바로 곁에서 엠비뉴 교단의 왕성한 활동을 보며 경악을 금치 못했다.

엠비뉴 교단에 점령된 땅에서는 작물이 메마르고 악의 기운이 솟구친다. 더러워진 토양, 생명이 사라진 시체에서 엠비뉴의 마물들이 태어난다.

또한 살아 있는 자들은 점점 광신도로 변하고, 그들 중에서 다른 인간의 영혼을 갈취한 자들은 암흑 기사가 된다.

몬스터들은 세뇌당하여 엠비뉴의 하수인이 되어서 서식지와 던전을 빠져나왔다.

엠비뉴의 영역이 넓어질수록 악의 군대는 어마어마한 속도로 커지면서 주변 영지를 파괴하고 있었던 것이다.

오염 지역에서 잿빛으로 흐르는 강물은 하류로 내려가면서 추가적으로 식물도 악의 기운으로 검게 물들였다.

울창한 숲의 나무들이 모두 일어나서 사람들을 긴 나뭇가지와 뿌리로 공격했다. 엠비뉴의 힘에 물든 나무들이 요새로 몰려가서 공성전을 펼치기도 하였다.
 '엠비뉴 교단이 단기간에 너무 빨리 커져 가고 있어.'
 팔마는 엠비뉴의 점령 지역을 마음대로 돌아다닐 수 있었다.
 무너진 성 앞으로, 엠비뉴의 군대가 끝이 보이지 않을 정도로 결집해 있었다.
 제멋대로 흩어져 있지만 전투가 벌어지면 광신도들답게 광란의 돌격을 한다. 그리고 그들은 이제 하벤 제국을 향하여 진군해 가고 있었다.
 "더 이상 놔두면 감당하기 힘들어진다. 이 사실을 길드에 알려야 해."
 원래 헤르메스 길드의 대륙 정복 계획에서 엠비뉴 교단은 끝까지 살아남아야 한다. 그러다가 길드가 대륙을 통일한 이후, 평화와 민심을 보살핀다는 명목으로 엠비뉴 교단을 제거하는 것이다.
 그 이후에는 누구도 거스르지 못할 강력한 힘과 명분으로 하벤 제국이 전 대륙을 지배하며 통치하는 시대로 접어들게 될 것이다.

서윤이 깨어나고 나서도 위드는 한동안 그 자리를 지키며 부하들을 기다렸다.

"이놈들이 오지를 않는군."

철일과 철오. 조각 생명체 병사들이 나타나지 않았다.

"설마 이것들이 그 짧은 기회를 놓치지 않고 튄 것일까?"

그들 둘은 그렇다 치더라도 자하브는 먼저 왔을 텐데도 보이지 않았다.

"아마 다른 곳으로 가 버린 모양이에요."

"내 생각도 그래. 역시 게이트가 불완전하게 작동했던 것 같아."

조각술 최후의 퀘스트를 하며 느꼈던 불길한 예감은 항상 맞았다.

약간 꼬였다 싶으면 완전히 엉망이 되어 버리는 노들레의 운명!

띠링!

고요의 사막을 걸어라
뜨겁게 달구어진 모래와 이글거리며 타오르는 태양.
물이 생명이 되는 곳.
생존만이 유일한 목표가 되리라.

사막을 횡단하여 부르칸 부족의 오아시스 라호스까지 안전하게 도착하여야 함.
난이도 : 조각술 최후의 비기 퀘스트
퀘스트 제한 : 사막에서 큰 부상을 입거나 죽음에 처하게 되면 동료의 몸에서 마족이 깨어나게 될 것입니다.
마나가 끓어오르는 고요의 사막에서는 어떤 스킬도 쓰지 못합니다.

-퀘스트가 부여되었습니다.
거부할 수 없습니다.

"으음."

산 너머 산이라는 게 이런 기분일까.

위드는 일부러 산을 찾아가는 등산가들을 존경하고 싶었다.

"설악산을 간신히 넘었더니 이젠 에베레스트를 오르라는 격이로군. 아마 이러다가 남극이나 북극에도 가겠지."

말이 씨가 될 수도 있지만 북쪽의 끝에 있는 지골라스에는 이미 다녀온 적이 있으니 아무래도 상관없었다.

고요의 사막이란 말 그대로 조용한 곳이다.

인간과 같은 생명이 살아가지 못하는 곳.

모래가 끝없이 이어져 있는 지역으로, 대륙 남부의 대부분을 차지한다.

로열 로드의 초창기, 남부로 떠난 베르사 대륙의 모험대가 있었다. 그들은 중앙 대륙과 가까운 곳에서 마법이 발달한 공국들을 대거 발견하였고, 그 아래쪽 더 남쪽은 거대한 사막이라는 걸 알았다.
　걸어가도 끝이 없는 땅.
　강줄기와 오아시스 부근에는 사막 부족들이 살아가지만, 그보다도 남쪽으로는 온통 모래만이 나온다고 했다.
　고요의 사막!
　모험대는 걷느라 지치고 타는 듯한 갈증을 견디지 못해 결국 전멸했다.
　그 후로 고요의 사막으로 떠나는 사람은 찾을 수가 없었다.
　위드가 서윤과 함께 있는 지금의 대륙은 오래된 과거의 시간 속이었지만, 실제 시간대의 베르사 대륙이라고 해도 누군가 다른 여행객을 만날 수는 없으리라.
　"고요의 사막에서는 스킬도 사용되지 않는다네요."
　"퀘스트를 받았어?"
　"네. 생존을 해야 하는 퀘스트예요."
　덩달아 따라온 서윤에게도 같은 퀘스트가 부여되었다.
　"하필이면 식량도 얼마 없는데."
　위드는 배낭을 점검해 보고 나서 길게 한숨을 쉬었다.
　왕성에서 서윤을 구출하는 의뢰였기 때문에 짐은 최대한 가볍게 했다. 평소 넉넉하게 들고 다니던 물과 식량도 하루

치 정도밖에 없었고, 현재 배낭에는 왕성에서 들고 나온 보물들과 전리품만 가득했다.

"이래서 사람이 욕심을 부리면 안 되는데. 아무튼 부르칸 부족의 오아시스로 가 보자."

"네. 근데 어느 쪽이죠?"

위드는 사막의 모래 능선 위에서 사방을 둘러보았다.

어느 쪽을 봐도 답답한 모래밖에는 보이지 않았다.

뜨겁고 막막했다.

"이쪽이야."

"정말요?"

"뭐, 확신할 수는 없지만 밤이 되면 알게 되겠지. 사막의 밤은 별들이 가득하니까. 방향만 잘 잡으면 엉뚱한 곳으로 가지는 않을 거야."

위드는 아프리카 여행을 하며 사막에 갔던 경험을 떠올렸다.

남들은 해외여행을 가면 게스트 하우스나 호텔에서 숙박을 하는데 그는 사막에서 노숙을 했다. 그때의 경험들이 나중에 이렇게 쓸모가 있을 줄이야 어떻게 알았겠는가.

"폐지 줍는 법과 빈 병 및 고철 모으는 법도 익혀 놔야겠군."

"네?"

"아무것도 아니야."

위드와 서윤은 하염없이 걸었다.

모래바람이 불어오기에 말을 하기도 어렵다. 목적지까지의 거리도 몰랐다. 단지 다행인 것은, 두 사람 다 기본적인 초보자용 여행복은 갖고 있었다.

위드가 소유한 초보자 복장은 세라보그 성과 바란 마을, 천공의 도시 라비아스에서도 입었던, 그야말로 역사가 살아 숨 쉬는 옷. 안 그래도 낡은 망토는 쉽게 찢어져서 모래로부터 얼굴을 가릴 수가 있었다.

"이렇게 버리지 않으니 꼭 필요한 시기에 유용하게 쓸 수 있군."

"냄새가 여기까지 나요."

"정상이야. 한 번도 빤 적이 없으니까."

"……."

그 후로 다시 묵묵히 이동!

짐승은 물론이고 몬스터도 만나지 않았기에 오로지 앞으로 걸을 뿐이었다.

'물이 가득 들어 있는 수통이 2개. 딱 하루치이지만 아껴서 마시더라도 모레 정도면 끝이 날 거야. 그 후로는 아마 물을 구하기가 어렵겠지.'

몸이 힘들수록 절망적인 상황들만이 떠올랐다.

그리고 금방 밤이 되었다. 별을 보니 다행히 방향은 얼추 맞았지만 뜨거운 햇빛 때문인지 이동해 온 거리는 얼마 되지 않았다.

"추워요."

"사막의 밤은 원래 추워."

위드는 모래 구릉 아래에서 서윤과 바싹 붙어 앉았다.

사막에서는 추운 밤에 많은 거리를 이동해야 한다. 체력을 회복하기 위하여 잠깐이라도 쉬었다가 걷기 위해서였다.

"예전에 북부가 얼음으로 뒤덮여 있을 때에도 참 재미있었어요. 그땐 알베론과 빙룡이 함께 있었는데."

"거기가 정말 추웠지. 중증 감기에도 걸렸었는데."

"빙룡 타고 떠났다가 몸에 하얀 서리가 덮여서 돌아왔죠. 그때 그 모습을 보며 정말 웃음을 참기가 어려웠어요."

서윤에게는 닫혀 있던 마음이 녹아내리는 계기가 된 사건 중의 하나였다.

본 드래곤을 처치하고 북부를 따뜻하게 했던 모험. 정작 중요한 건 서윤의 마음에 온기를 심어 준 일이었다.

"이것도 나중에 추억이 되겠죠?"

"아마도."

"추억들이 많아졌으면 좋겠어요."

"이런 추억들이라면 늙어서 기억상실증에 걸리는 편이 나을지도 몰라."

위드와 서윤은 어깨를 붙이고 망토를 나누어 쓰면서 체온을 유지했다.

그리고 새벽부터 다시 사막 행군!

> -갈증이 일어납니다.
> 무더위와 약해진 체력으로 인해 심한 갈증에 시달리고 있습니다.

메시지 창이 떠올라도 수분 섭취는 최소한으로 했다.

목이 마르더라도 물이 있을 때 아껴야 된다.

위드는 입안과 목이 모래알로 가득한 기분이었다.

"풀 한 포기 없는 걸 보니 아마 이곳은 열대 지역인 모양이군."

"사막에도 열대 지역이 따로 있어요?"

"응. 1년 내내 비 한 방울 내리지 않는 곳이야."

"행운을 기대할 수는 없겠네요."

갈 길이 먼데도 불구하고 체력을 아끼기 위해 두 사람 모두 틈틈이 쉬어 주어야 했다. 그러지 않고 강행군을 하다가 갑자기 쓰러지면 일어날 수 없을지도 모른다.

"잘 가라, 내 새끼들아. 좋은 곳에서 꼭 다시 만나자."

위드는 짐을 가볍게 하기 위하여 포르투의 왕성에서 획득한 전리품도 몽땅 버렸다.

보통 쉽게 내릴 수 있는 결단이 아니었다.

가히 생살을 찢는 듯한 고통!

"여기 소금 먹어."

"먼저 먹어요."

"다행히 소금은 넉넉해. 유일한 희소식이라고 할 수 있지만."

"그럼 먹을게요."

사막에서는 소금 섭취도 매우 중요하다.

염분이 계속 몸 밖으로 빠져나가니 물이 있더라도 소금을 먹지 않으면 일사병에 걸리고 마는 것.

다행히 코르타델솔에서 고급 요리 스킬로 미리 제조해 놓았던 미네랄이 풍부한 소금을 육포와 함께 먹을 수 있었다.

"다시 가자. 식량이 떨어지기 전까지 최대한 멀리 이동해야 하니까."

위드는 천근만근처럼 무거운 발을 떼었다.

걷는 것이 고통스럽고, 이대로 사막의 모래벌판에 쓰러져서 죽을지도 모른다는 두려움도 들었다.

서윤도 분명히 힘들 텐데 아무 내색도 하지 않는 게 그렇게 고마울 수가 없었다.

그리고 하염없이 시간이 흘렀다.

뜨겁게 내리쬐는 태양 아래를 걷는 시간이 왜 이다지도 길게 느껴지는 것인지.

위드는 서윤과 수통의 물을 나눠 마셨다.

그녀는 포로로 잡혀 있다 구출되었기에 물을 전혀 가지고 있지 않았다.
"목마르지? 어서 마셔."
"네."
서윤은 물을 마시고 수통을 돌려줬다.
위드는 수통을 받으면서 가볍게 흔들어 보았다.
찰랑찰랑.
수통의 무게는 거의 줄어 있지 않았다.
수통이 오고 가면서도 서로 최대한 아끼고 양보를 하느라 물은 잘 줄어들지 않는다. 그걸 느낄 때마다 마음이 따뜻해졌다.
'노들레와 힐데른도 이런 고통을 겪었을까. 음, 정말 사막에서 태어나지 않아서 다행이야.'
그리고 밤이 될 무렵까지 걸었는데도 여전히 사막 한복판이었다.
짧게 휴식을 취한 후에 다음 날에도 계속 행군을 했다.
물이 다 떨어지기 전에 최대한 많은 거리를 가야만 했지만 여전히 막막했다.
한 모금의 물이 이렇게도 아까웠던 적이 없었다.
그리고 점점 수통의 물은 줄어들어 갔다.
'덥다, 더워······.'
위드와 서윤은 더 이상 대화를 나누지 않았다.
말을 할 힘까지 아껴서 걷는 데 쏟아붓고 있었다.

뜨겁게 내리쬐는 태양과 이글거리는 사막의 모래 열기!

그 사이로 신비하게 일렁이는 모스크 양식의 하얀 도시가 나타났다.

"저 앞에 도시가 보여요."

"정말? 조금만 힘내자. 저기서 물을 구하면 될 거야."

위드가 물을 실컷 마시고 휴식을 취할 수 있다는 기쁨에 씩씩하게 빨리 걸어가려는데 서윤이 말했다.

"도시의 일부만 보이는 게 조금 이상해요. 신기루인 것 같아요."

"설마 그럴 리가."

위드가 계속 걸어가 봤지만 도시는 가까워지지 않았다.

분명히 앞에 있는데 가까워지지 않고 어느 순간 사라져 버렸다.

띠링!

―사막의 신기루를 보았습니다.
인내가 1 증가합니다.

"힘들어 죽겠는데 놀리는 것도 아니고……."

위드는 고개를 푹 숙이고 걸었다. 그리고 잠시 후 서윤의 목소리!

"이번엔 호수가 있어요."

"음, 그렇군."

한 번은 속았지만 두 번은 속지 않는다.

마르고 건조한 사막의 한복판에 호수가 있을 리가 만무하지 않은가.

아니나 다를까, 호수 역시 서서히 사라져 갔다.

띠링!

> ─사막의 신기루를 보았습니다.
> 자연과의 친화력이 2 높아집니다.

"에휴……."

사람이 목이 마르고 지쳐서 죽을 판인데 신기루 따위가 무슨 소용이란 말인가.

앞으로 계속 걸어가고 있지만 모래사막만 끝없이 나올 뿐이었다.

지친 탓에, 위드와 서윤의 걸음걸이도 이제 많이 느려져 있었다.

"계속 갈 만해?"

"조금 힘들어요."

"내일도 걸어야 할 것 같은데."

"물은 남아 있어요?"

"계속 아끼면 내일 아침에 마지막으로 마실 물은 있을 것 같아."

그다음 날.

위드와 서윤은 새벽부터 다시 걸었다.

수통에 물은 딱 한 모금 정도만이 남아 있었지만 이건 최대한 마시지 않고 버텼다.

그리고 도저히 견디지 못하게 된 순간 물을 나눠서 마셨다.

위드는 한 방울도 남지 않고 텅 비어 버린 수통을 배낭에 넣었다.

"이제 물도 없군."

"계속 가 봐요."

서윤도 지쳐서 많이 초췌해져 있었다. 하지만 감싸 안아 주고 싶은 처연한 아름다움이 있었다.

'역시 남자 잘못 만나서 고생을 하는 거지. 이런 모습도 기억을 해서 조각품을 만들어 두면 좋을 텐데.'

북쪽으로 걷고 있었지만 희망도 미련도 사라져 버린 상태였다.

사막에 대해서 모른다면 그나마 최후의 순간까지도 긍정적인 생각을 할 수 있을 테지만 그것도 아니었다.

위드와 서윤이 걷고 있는 사막은 모래 입자가 아주 작고 가늘었다. 비라고는 한 번도 내리지 않고 바람만 불어서, 모래 알갱이들이 계속 깎여 나간 것이다.

사막의 열대 지역 한복판이기에 이대로 걸어간다고 해도 어떤 희망도 보이지 않았다.

위드의 입술은 바싹 말라서 갈라져 있었다.

"미안해."

"왜요?"

"퀘스트를 도와주느라 여기까지 오게 해서."

"괜찮아요. 포기하지 말고 계속 걸어 봐요. 여기까지 온 게 아까워서라도 끝까지 가 봐야죠."

"그래도 이제 끝났어."

띠링!

—심각한 갈증으로 인해 고열에 시달리고 있습니다.
환각을 보게 되며, 체력이 회복되지 않습니다.
생명력이 감소합니다.
체온을 낮추지 못하면 생명력의 저하로 사망하게 됩니다.

"지금까지 죽기도 정말 많이 죽어 봤지만 사막에서 이렇게 물 때문에 죽게 될 줄이야."

위드는 비실비실 걸음조차 정상이 아니었다.

서윤도 쓰러지려는 걸 억지로 참고 걷는 와중이라서 도와줄 수조차 없었다.

마지막에 그녀가 물을 약간이라도 더 마실 수가 있어서 사정은 조금 더 나았지만, 그렇다고 해도 힘이 든 건 마찬가지.

'설마 이 퀘스트의 성공과 실패는 수통을 몇 개 가져왔느냐에 따라 결정이 되는 거였을까?'

오죽하면 그런 생각마저 들었다.

서윤을 구출하며 미리 따로 물통이라도 짊어지고 있었어야 하는 게 아니었을까.

위드는 이젠 정말 더는 걸을 수가 없을 것 같았다. 심한 환각과 다리 감각 이상으로 똑바로 걷기가 힘들 지경이었다.

그리고 지긋지긋한 모래 능선을 또 하나 넘었다.

모래가 발목까지 푹푹 빠져서 걷기가 여간 어려운 게 아니었다.

"저기 나무가 보여요."

"또 신…기루겠지."

"진짜 나무예요!"

서윤이 답답하다는 듯이 큰 소리를 내자, 위드는 고개를 들어서 모래 능선 너머를 쳐다보았다.

진짜 나무들이 있었다.

저 멀리도 모래사막인 것은 여전하지만, 수분을 빼앗기지 않기 위해 잎이 얇고 크게 자라지 못한 나무들이 간간이 보였다.

"정말 나무야?"

"맞는 것 같아요."

이제는 견딜 수 있는 한계였다.

위드와 서윤은 힘겹게 걸어서 나무가 있는 근처에 도착했다.
띠링!

―고요의 사막 지역을 벗어났습니다.
호칭 '사막 여행자'를 획득하셨습니다.
사막을 여행할 때의 체력 소모를 감소시킵니다.
인내력이 45 증가합니다.

"드디어 왔구나!"
위드는 나무 옆에 드러누웠다.
다리에 힘이 풀려서 일어날 수도 없을 지경이었지만 조각칼을 꺼냈다.
그 후에는 나무를 베어서 깎았다.
주제는 최대한 간단하게, 비와 무지개였다. 그리고 스킬 시전.
"구름 조각술!"
하늘의 구름을 불러오는 스킬!
고요의 사막을 벗어났으니 이젠 얼마든 조각술을 쓸 수 있었다.
"구름 조각술, 구름 조각술, 구름 조각술. 비나 실컷 내려 봐라."
이윽고 사막 지역에 기적처럼 먹구름이 몰려들었다.
쏴아아아아아아!

그리고 사막으로 내리는 빗물!

위드와 서윤은 하늘을 보며 누운 채로 입을 벌려 빗물을 받아 마셨다.

-목마름이 해소되었습니다.

지금 같은 마음으로는 비를 맞아서 대머리가 되더라도 여한이 없을 것 같았다.

공짜를 좋아하면 대머리가 된다는 속설이 사실이라면, 이미 위드는 절대 벗어날 수 없는 신세였다.

띠링!

-자연 조각술이 대륙을 변화시킵니다.

유병준은 사막의 비를 보며 조금은 감탄했다.

"대단한 끈기로군."

사막에 낙오되어서도 희망을 잃지 않고 방향을 찾아 쉬지 않고 걷는다.

이건 누구나 할 수 있는 일은 아니었다.

사람들은 충분히 살 수 있는데도 불구하고 부정적인 상상이나 절망감에 의해 자포자기를 하기 마련이다.

위드와 서윤은 책임을 미루거나 말다툼도 하지 않고, 얼마

고요의 사막 **219**

되지도 않는 물을 아껴 마시며 끊임없이 이동하여 고요의 사막을 벗어났다.

사막을 걷는 이번 퀘스트에서는 가지고 있는 물의 양에 따라서 더 먼 곳에서 시작해야 한다는 조건이 있었다.

위드와 서윤은 물이 얼마 없었던 탓에 그나마 가까운 거리를 걸었지만, 중간에 헤매거나 말다툼 등으로 시간을 낭비했더라면 도착하지 못했을 정도로 아슬아슬한 거리였다.

조금만 무리를 해도 탈이 나는 저질 체력으로 해낸 일이라서 더 대단했다.

"그리고 퀘스트가 성공했으니 사막에도 변화가 생기겠군."

유병준은 다른 모니터를 보았다.

그 모니터에는 높은 상공에서 바라보는 현재의 베르사 대륙의 모습이 있었다.

이곳은 거의 비가 내리지 않거나, 비가 오더라도 잠깐 땅을 적시고 사라질 정도의 강수량밖에는 보이지 않던 지역이었다.

그런데 고요의 사막과, 광활한 남부 사막이 있는 지역에 검은 먹구름이 생성되어 급속하게 영역을 넓혀 갔다. 그리고 내리는 장대비!

사막을 흠뻑 적시는 비들로 인하여 풀과 나무가 자라고 오아시스들이 생겼다. 강줄기가 생성되어 범람하여 모래를 휩쓸어 가고 주변의 땅을 비옥하게 했다.

위드와 서윤이 있는 시간대에서 내린 비가 정상적인 베르사 대륙에 엄청난 변화를 가져오고 있는 것이다.

세차게 흐르는 강줄기들은 약한 사막지대의 땅도 깎아내렸다.

그리하여 생성되기 시작한 대협곡!

침식작용으로 만들어진 절벽과 기암괴석, 다채로운 색을 가진 지층들.

협곡에는 폭이 수십 미터에서 수 킬로에 이르는 광대한 강이 흐르게 되었다.

장구한 세월이 있어야만 만들 수 있는 경관.

위드는 경이로운 시간의 조각품을 만들어 낸 것이다.

사막에서 활동하는 유저의 숫자는 극히 적었다. 너무나도 덥고 괴로운 환경, 그리고 짐승이나 몬스터조차 찾을 수 없기에 재료를 구하거나 퀘스트를 해결해야 하는 몇 명만이 사막까지 와서 헤매고 다녔다.

하지만 이제 위드가 강을 흐르게 하고 땅을 드러나게 하여 자연의 신비인 대협곡을 만들었으니 주민들이 대거 늘어나게 될 것이고, 유저들도 많이 오게 되리라.

북부를 구했던 위드가 남부의 사막지대도 바꾸어 놓은 것이다.

유병준이 보는 모니터 앞에는 아무것도 모른 채 빗물을 맞으며 쉬고 있는 위드, 서윤이 보였다.

먹구름이 비어 있는 사이로는 뜨겁게 작렬하는 태양 빛이 비쳤다. 그리하여 사막의 무지개들이 두 사람을 층층이 둘러싸고 있었다.

비를 부르는 자

위드의 눈앞에 메시지 창이 계속 울렸다.
띠링!

–자연 조각술이 사막의 대지를 적시는 비를 불러왔습니다.
시간의 힘에 의해 자연 조각술은 이 지역에 막대한 변화를 일으키게 될 것입니다.
동물들의 성장률을 850% 증가시킵니다.
사막 부족의 출생률을 늘리고 그들의 활동 영역을 확대시킵니다.
고요의 사막이 줄어듭니다. 자연 조각술로 인하여, 어떤 생명도 살아가지 못하던 사막의 영역이 감소될 것입니다.

호칭 '비를 부르는 자'를 획득하셨습니다.

사막에서는 절대적인 존경을 얻을 수 있을 것입니다.
명예가 36 높아집니다.

-명성이 6,394 올랐습니다.

-자연 조각술의 경이로 인해 예술 스탯이 41 상승하셨습니다.

-자연과의 친화력이 54 늘어납니다.

-모든 스탯이 4씩 늘어납니다.

-조각술 스킬의 숙련도가 증가합니다.

-손재주 스킬의 숙련도가 증가합니다.

-자연 조각술 스킬의 레벨이 10이 되어 고급 자연 조각술 스킬로 변화됩니다!
자연을 다루고 융화되는 능력이 높아지며 친화력이 향상됩니다.
대재앙의 자연 조각술의 정확도가 증가합니다.
자연으로부터 다양한 혜택과 행운을 입을 수 있게 됩니다.

"으음."

위드는 메시지 창을 읽어 보면서 뼛속까지 차 있던 피로가 개운하게 풀리는 기분이었다.

조각술 스킬의 숙련도도 4.7%씩이나 올랐다. 마스터를

20%도 남겨 두지 않은 상황에서 4.7%란 엄청난 소득이다.

목이 말라서 구름 조각술을 펼쳤을 뿐인데 이런 대박이 터지다니!

"역시 예상대로였군."

위드의 눈이 빛났다.

"사막을 횡단하며 예술에 대한 갈증에 시달렸지. 사막에 내리는 비라. 조각술로 펼쳐 낼 수 있는 대자연의 감동적인 모습이라고 할까. 예술에 대한 열정이 이런 결과로 나타나는 건 당연했지."

그리고 모든 걸 예상하고 있었다는 듯한 가벼운 웃음.

"후후후훗. 뭐, 나나 되니까 이 정도는 이젠 놀랍지도 않아."

사막을 횡단해 오는 동안에는 이놈의 조각사, 때려치우고 싶었다. 이 고생을 하고도 조각술 최후의 비기를 얻지 못한다면 최소한 3시간 정도는 중복되지 않는 욕을 퍼부을 수 있었을 것이다.

갑작스러운 대박에 자꾸 입가가 실룩이며 썩은 미소가 지어지려 했지만 서윤을 의식하며 간신히 참아 냈다.

지금으로써는 사막에 내리는 비를 온몸으로 맞는 것만으로도 행복했다.

서윤도 기쁜 듯이 고개를 들어 얼굴에 비를 맞고 있었다. 비에 머리카락과 옷이 젖어 있는 저런 모습까지도 어쩌면 저렇게 아름다운지.

"가만, 이러고 있으면 안 되지."

위드는 서둘러 망토로 자신의 몸을 덮었다.

어쨌든 현재는 저질 체력을 가지고 있으니 자칫 감기라도 걸리지 않게 하기 위해서였다.

서윤도 반가운 비를 뒤로하고 여행자의 로브를 착용했다.

"고요의 사막을 벗어났으니 물은 앞으로 얼마든지 구할 수 있게 되었고, 이제 부르칸 부족의 오아시스로 가기만 하면 되겠군."

"식량은요?"

"전갈들이 있잖아."

고요의 사막을 벗어나고 나서부터는 사막여우와 미어캣, 뿔도마뱀 같은 동물들이 돌아다니고 있었다.

현재의 레벨로는 큰 동물들은 사냥을 하려다가 도리어 역습을 받아서 죽을 수 있다. 하지만 믿는 구석은 있었다.

"조각 소환술!"

이제 조각 생명체들을 불러오는 것이다.

철일, 철오.

그들을 다시 부려 먹기 위한 스킬!

─마나의 양이 모자랍니다!

"으음, 이럴 수가……."

비록 평작과 걸작에 불과한 녀석들이지만, 조각 생명체를 불러오려면 조각품 소환 시보다 10배나 더 많은 마나가 필요했다. 위드가 지금 가진 마나로는 턱도 없이 모자랐던 것이다.

"조각 생명체가 참치마요네즈 김밥도 아니고, 유통기한이 이렇게 짧다니……."

비싸고 귀한 재료를 사용한 조각품에 생명을 부여해 놓았더니 고작해야 하루도 부려 먹지 못하고 이별이었다.

이제 철일과 철오는 베르사 대륙 어딘가에서 스스로 살아가게 되리라. 뜻하지 않게 너무나도 쉽게 자유를 얻게 된 것이다.

철일이 게이트를 통해 도착한 장소는 악덕 영주가 다스리는 발라카드라는 영지였다.

"으흐흑, 이 식량까지 가져가시면 우리 가족은 도저히 살아갈 수가 없습니다."

"제발 아이 먹을 것이라도 주고 가세요."

"닥쳐라. 모두 교수형에 처하기 전에 물러서라!"

병사들은 주민들을 창과 몽둥이로 두들겨 팼다.

전쟁의 시대에 전형적인, 영주로부터 박해받는 영지였다.

"도저히 참을 수 없군."

철일은 활을 들고 분연히 떨쳐 일어났다. 그리고 발라카드의 영주를 비롯하여 못된 귀족들을 화살로 처단했다.

"의적 철일 만세!"

그리고 네할렘 왕국에서 쫓기는 신세가 되어 몬스터들이 많은 깊은 숲으로 들어갔다.

그 이후에 철일은 다시 나타나지 않았다.

반면 철오는 스트라우드 왕국에 정착했다.

대륙의 서쪽으로, 포르투 왕국과도 그렇게 멀진 않은 국가였다.

철오는 귀신과도 같은 창술로 이름을 떨치며 기사가 되어, 전쟁터에서 크게 공을 세우며 살아갔다.

"철오, 나 스트라우드 3세에게 영원히 충성을 바치겠는가?"

"그렇게 할 수는 없습니다. 언젠가 세상에 단 하나뿐인 주군을 다시 모시는 날이 올지도 모르기 때문입니다."

"그 충직한 마음은 잘 알겠다. 그렇기에 더 얻고 싶구나. 정녕 나를 따르지 않겠는가?"

"주군을 만나기 전까지는 폐하를 모시겠습니다."

철오는 충성심을 잃어버리지 않았다.

다만 이를 알 리 없는 위드만이 이미 놓쳐 버린 노예라고 아쉬워하고 있었을 뿐!

부르칸 부족은 넓은 영토를 가지고 있었다.

사막 지역에서는 영토가 거대하다고 해 봐야 실제 살아가는 인구는 얼마 되지 않는다. 그래도 사막 부족 중에서는 세력이 가장 큰 15개의 부족 중 하나였다.

위드는 서윤과 함께 사막 부족들을 만나면서 온갖 편의를 제공받았다.

"그대가 비를 불러올 수 있다니 믿을 수가 없소."

"구름 조각술!"

"오오오오, 이런 기적 같은 일이 정말로 벌어지다니! 제발 우리 부족을 위하여 비를 내려 주시오."

사막 부족들은 물을 귀하게 여기기에 비를 불러오면 그것으로 왕보다도 극진한 대접을 해 주었다.

"낙타 고기."

"당장 가져다 드리겠습니다."

"잘 익혀 와."

"부족 최고의 요리사에게 해 오라고 하겠습니다."

그리고 부족을 떠날 때에는 아이템과 금붙이와 같은 선물까지 기념으로 챙겼다.

전사의 목걸이 : 내구력 29/35. 방어력 4.
사막 부족의 전사들이 착용하는 뼈 목걸이.
용맹을 증명할 수 있다.
제한 : 레벨 310. 힘 600.
         샤먼, 전사 전용.
옵션 : 힘 +13%.
       샤먼이 착용 시에는 주술 스킬 레벨 +2.
       강한 적과 싸울 때에는 4분간 투지가 2배 이상으로 높아짐.

"미흡하지만 정성으로 준비한 선물입니다. 꼭 받아 주셨으면 좋겠습니다."

"정말 미흡하군. 더 돈이 되는 건 없소?"

가난한 사막 부족들에게 염치없이 빌붙기!

부족의 전사들은 사냥을 할 때에는 무시무시했지만, 비를 불러오는 은인에게는 아직 세상 물정을 모르던 시절의 누렁이처럼 잘 넘어왔다.

그리하여 과거의 대륙에 떨어진 이후로 가장 호사를 누리며 부르칸 부족의 오아시스 라호스에 도착했다.

희귀한 사막 호수!

호수를 중심으로 하여 모래를 쌓아서 지은 집들이 수만 채나 모여 있다.

규모가 크진 않지만 이국적이고 신비한 광경이었다.

물론 위드는 이미 부르칸 부족에 대해서 알고 있었다.

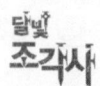

'옛날 벨소스 대제가 속해 있던 부족이지.'

조각술 마스터 벨소스 대제와의 인연!

이미 정령왕이 된 그에게서 정령 창조 조각술을 배웠다.

하지만 아직 벨소스는 태어나기도 전의 시대였다.

띠링!

고요의 사막을 걸어라 완료
무사히 고요의 사막을 넘어서 부르칸 부족의 오아시스에 도착했다.

"휴, 어쨌든 겨우 왔군."

조각술 최후의 비기 퀘스트의 또 한 단계를 무사히 이겨낸 것이다.

위드와 서윤은 오아시스가 있는 도시로 들어가기 위해 걸음을 옮겼다.

조각술 최후의 비기 퀘스트도 그동안 상당히 많이 진행해 왔다.

벌새로서 여행을 하고, 대재앙의 자연 조각술을 펼쳤다. 미궁에서 악마와도 싸우고, 보로타 섬을 빠져나오며 고생, 포르투의 왕성에서도 탈출했고, 사막을 걸어온 건 두말할 필요도 없는 일.

이제는 슬슬 끝이 가까워지지 않았을까 하는 기대도 적지 않게 하게 되었다.

그리고 바로 울리는 메시지 창!

띠링!

노들레의 성장

노들레와 힐데른은 오아시스에 정착했다.

그들을 추적하는 무리를 피하기 위한 어쩔 수 없는 선택!

노들레는 지금까지 적들에게서 도망만 쳐야 했던 자신의 나약함을 이겨 내기 위하여 강해지기로 결심했다.

힐데른의 몸에 잠재되어 있는 마족의 기운이 활발해지기까지는 22년이란 시간이 남았다.

난이도 : 조각술 최후의 비기 퀘스트

퀘스트 제한 : 사막 지역에서 성장해야 함.

               시간이 가속되어 하루가 지날 때마다 100일의 날짜가 지나게 됩니다.

               사망 시에는 퀘스트 실패.

               성장으로 얻은 능력치는 다음 퀘스트로 이어지게 되며, 조각술 최후의 비기 퀘스트를 완전히 끝내고 나거나 실패하면 성과에 따른 약간의 보상을 부여하고 사라집니다.

*주의

사냥을 하는 동안 얻는 숙련도와 경험치, 명성이 100배가 됨.

아이템 습득에 특별한 행운이 부여되어 매우 좋은 것을 얻을 확률이 높아집니다.

부하나 동료, NPC 들에게도 동일한 시간의 효과가 부여됨.

원래부터 가지고 있던 스킬들은 조각술과 관련된 것들만 유지됩니다. 또한 조각술 계열의 스킬 숙련도들은 퀘스트 중에도 정상적으로 증가합니다.

"으음, 상당히 독특한 방식이로군."

위드는 이번에 얻게 된 퀘스트를 곧바로 요모조모 따져 보았다.

사막 도시에서 노들레와 힐데른이 살아간 22년을 경험해야 한다.

'100배 빠른 성장이라. 그리고 22년간이라고 해도 실질적으로는 일 년이 나흘 조금 안 되니까 80일을 약간 넘는 정도에 불과하군.'

길다면 긴 시간이 필요한 퀘스트!

하지만 22년이라는 세월을 압축해서 경험해야 하기에 잠깐도 여유를 부릴 수가 없었다.

몇 시간 휴식을 취하거나 길을 잘못 들어서 헤매게 되어 버린다면 노들레의 시간으로는 몇 달이나 몇 년이 지나 버릴지도 모를 일.

이번 퀘스트는 실패는 하지 않더라도 이 기간을 어떻게 보내느냐에 따라 다음의 연계 퀘스트에 결정적으로 영향을 미치게 될 것이다.

"퀘스트 받았어?"

"네."

서윤도 비슷한 퀘스트를 받았다.

그녀는 22년간의 생존이 조건으로 주어졌는데, 도시에서만 지낸다면 별로 어려운 건 아니었다.

"들어가자!"

위드는 서윤과 함께 사막 도시로 뛰어 들어갔다.

교역소에 들러서 물품들의 시세를 알아보거나 하며 시간을 낭비하는 대신에 바로 무기점으로 직행!

몸에 문신이 많은 사막 전사가 장사를 하고 있었다.

"오랜만에 사막 부족이 아닌 인간의 방문이로군. 어디서 왔는가?"

위드는 무기들을 둘러보며 대충 대답했다.

"남쪽 고요의 사막."

"사막을 여행해서 왔다면 우리 무기를 쓸 수 있는 자격은 충분하지. 약해서 다룰 수 있는 무기는 별로 없겠지만 마음껏 보도록 하게."

위드의 현재 레벨은 노들레의 상태가 되고 난 이후 조각품에 생명까지 부여해서 27이었다.

초보 중의 초보라고 할 수 있는 수준으로, 어지간한 몬스터에게는 스쳐도 사망!

'무기들이 적당한 게 없어. 가장 단순한 칼을 쓰는 수밖에는 없겠군.'

익숙한 검을 찾고 싶었지만, 반센 공국의 장검은 레벨 제한이 무려 62나 되었다. 지금은 대장장이 스킬도 쓸 수가 없기에 좋은 무기가 있더라도 착용이 불가능했다.

"이걸로 하겠다."

위드는 사막 부족의 아이들이 가지고 노는 시미터를 골랐다.

> **주인이 자주 바뀐 시미터** : 내구력 59/59. 공격력 13~21.
> 사막 부족의 아이들이라면 누구나 다룰 줄 아는 칼.
> 두껍고 무거워서 잘 파괴되지 않는 편.
> 유연하게 휘어져 높은 공격력을 발휘한다.
> **무게** : 35.
> **제한** : 레벨 15.
>   힘 40 이상.
> **옵션** : 내구력이 느리게 감소함.
>   갑옷을 벨 때 공격력 60% 저하.
>   내려칠 때 공격력 +5.

검이 아니라 휘어진 칼!

무기점 상점 주인은 위드가 고른 무기를 보며 칼자국으로 험상궂은 얼굴을 더욱 찌푸렸다.

"힘이 모자라 보이는데 전투 중에 쓸 수 있겠는가?"

"상관없다."

"건방지군. 오래 살고 싶다면 자신에게 맞는 무기를 골라야 하는 법이다."

위드는 긴말을 나누고 싶지 않았다.

"나는 비를 부르는 사람이다. 그러니까 그냥 팔기나 해."

"비를 부르다니… 음, 그런 말을 들어 본 적이 있다. 비를 부를 줄 안다면 사막에서는 더없이 귀한 사람. 기적을 이끌어 내는 능력은 나로서는 감히 헤아릴 수도 없다. 원하는 대로 팔겠다. 원래의 가격은 250골드이지만 깎아서 195골드만 받도록 하지."

"……."

라호스에서는 물품들이 귀한 만큼 비쌌다.

위드는 아까운 시간을 낭비하지 않기 위해 흥정도 하지 않고 구입했다.

그래도 포르투의 왕성에서 얻은 보석들이 조금 남아 있어서 돈은 무리 없이 쓸 수 있는 정도였다.

던질 수 있는 단검, 활과 화살도 넉넉하게 구입했다.

"반센 공국의 장검도 내게 팔아라."

"본인이 쓰려고 하는 건가?"

"그래."

"이해할 수가 없군. 너의 수준으로는 이 검은 절대 사용하지 못할 텐데. 그래도 비를 부르는 사람이니 어떤 기적을 발휘할지도 모르겠군. 네가 원하는 대로 팔겠다."

무기점에서 물품들을 구입하고 나서는 방어구점으로 갔다.

레벨 제한이 없는 사막 전사들의 복장을 한 벌 구입!

무더운 사막 기후의 특성상 철을 쓰지는 않는다. 그렇기 때문에 가벼운 것이 특징이지만 방어력은 약했다.

라호스 밖으로 나온 위드는 근처에 돌아다니는 동물들을 탐색했다.

"적당한 놈으로 잡아야겠군!"

만만한 토끼나 사슴 같은 초식동물은 찾아볼 수 없었다. 그나마 가장 약한 녀석들이라 할 수 있는 게 독을 가진 전갈들이라서 신중하지 않을 수 없었다.

그렇지만 위드도 상점에서 초보용 세트 구입을 완료한 상태!

"어디, 시미터부터 무장해 볼까."

위드는 조각품을 꺼냈다.

"조각 파괴술! 이 모든 것이 힘이 되어라!"

모든 예술 스탯을 힘으로 몰아주었다.

-조각 파괴술을 사용하셨습니다.
조각상이 파괴된 아픔에 예술 스탯이 1 영구적으로 사라집니다. 명성이 3 줄어듭니다.
예술 스탯이 일 대 이의 비율로 하루 동안 힘으로 전환됩니다.
예술 스탯이 너무 높습니다. 원래 가지고 있던 힘 스탯이 낮기 때문에 한꺼번에 전환이 이루어지지는 않습니다.
힘 1,090이 고급 스킬 8레벨의 '통렬한 일격'으로 바뀝니다. 힘을 잔뜩 실은 공격이 정확히 적중하면 적들을 멀리까지 날려 버릴 것입니다. 마비와 혼돈 상태에 빠지게 만드는 비율을 늘립니다.
힘 1,180이 고급 스킬 8레벨의 '꿰뚫는 검'으로 바뀝니다. 강력한 공격력으로 상대방의 갑옷과 방패를 통째로 부숴 버릴 것입니다.

> 힘 1,430이 고급 스킬 9레벨의 '순간의 괴력'으로 바뀝니다. 짧은 시간 동안 낼 수 있는 최대 힘의 3배까지 쓸 수 있습니다. 막대한 체력을 필요로 합니다.
> 힘 1,150이 무기의 기본 공격력을 극대화시키는 데 활용됩니다. 내구력이 빨리 줄어들게 되겠지만 무기의 공격력이 35%까지 늘어나게 됩니다.

초보에게는 과할 정도의 힘!

위드는 가뿐히 시미터를 무장하고 전갈에게 달려갔다.

츄릿!

전갈이 위드를 향해 꼬리를 세우고 경계했지만 무용지물.

위드는 시미터를 내려찍었다.

띠링!

> -통렬한 힘으로 약한 전갈을 일격에 박살 냈습니다.

> -레벨이 오르셨습니다.

> -레벨이 오르셨습니다.

> -도법을 익혔습니다. 도법이 초급 2레벨로 오르셨습니다. 칼의 파괴력이 120%로 증가합니다. 공격에 실리는 무게가 6% 커집니다. 정면공격 시에 적을 밀쳐 낼 확률을 높입니다.

순식간에 레벨 증가!

무려 100배의 경험치와 숙련도를 얻을 수 있기에 성장 속도는 어마어마했다.

"어디 해보자!"

위드는 돌아다니며 전갈들을 박살 냈다.

순식간에 레벨 30이 넘어서고, 귀한 전갈의 이빨과 꼬리도 다수 얻어 냈다.

"벌써 전갈들은 경험치가 얼마 안 되는 것 같군."

그 후로는 뱀도 목표가 되었다.

혓바닥을 날름거리는 사막의 뱀들도 위드에게는 쉬운 사냥감이었다.

그가 겪어 온 다양한 사냥 경험에 비해 단순한 행동 패턴을 가진 동물들이라 쉽게 잡을 수 있었다.

-압도적인 힘으로 전투를 승리하여 카리스마가 1 오릅니다.

그날, 레벨이 55인 낙타까지도 잡을 수 있었다.

무려 100배의 성장이었고, 이미 초보 시절을 겪어 본 바가 있어서 신이 날 정도로 사냥에만 전념했기 때문이다.

서윤은 도시에서 나가지 않고 라호스의 상점들을 돌아다녔다.

'이곳에서는 광석들을 거래하는구나. 혹시 필요할지 모르니 기억해 둬야지.'

상점들에서 음식물과 장비 등 필요한 물건들을 구입. 퀘스트, 사냥터에 대한 정보도 입수하여 위드가 사냥에만 전념할 수 있도록 내조를 하기로 했다.
그리고 다음 날!

용병 길드 안내소에서 사람을 구함
붉은태양 용병 길드에서 일해 줄 사람을 구함.
시급 : 30쿠퍼.
경력에 따라 추가금이 지급됨.

작은 돈이었지만 보수는 늘어날 수도 있고, 또한 정보를 모으기에도 좋다.
서윤은 용병 길드에 취직을 하기 위해 면접을 보았다.
역시나 거친 황야의 이리 같은 느낌의 용병이 대표로 그녀를 맞이했다.
"이런 일을 해 본 적은 있나?"
"없어요."
"용병 일에 대해 관심은 가져 봤겠지?"
"아뇨."
"사막의 주변 지형이나 위험성에 대해서는 잘 알고 있는가?"
"전혀요."
"솔직해서 좋군. 일이야 하면서 차차 배우면 되겠지."

용병 길드 취직 성공!

위드는 아침까지도 도시 부근을 돌면서 사냥을 하여 레벨 75가 되었다.

"검술 스킬들을 익혀야겠군."

시미터를 쓰다가 나중에는 장검으로 바꿔서, 검술 스킬이 중급으로 새로 올랐다.

사막 전사들의 길드로 가서 베기와 내려치기 위주의 검술들을 습득!

서윤에게 보급품을 받고 다음 사냥터에 대해서도 들었다.

"호수 북쪽으로 가면 악어들이 살고 있대요."

"물속으로 숨으면 사냥이 어려울 텐데."

"얕은 편이라서 괜찮을 거예요. 활을 꼭 챙겨 가세요."

"화살도 많이 사 가야겠군."

호수 북쪽에서 악어들을 사냥!

돌아다니는 사막 전사들이 있었지만 위드의 일에는 관여하지 않았다.

사막 전사들은 그 특성상 자신의 부족 일이 아니라면 무관심하다. 기사들과는 다르게 약한 자가 죽더라도 관여하지 않았다.

그리고 레벨 110을 달성!

"스탯 창."

캐릭터 이름 : 노들레	성향 : 불	
레벨 : 110	직업 : 사막 전사	
칭호 : 비를 부르는 자	명성 : 8,382	
생명력 : 13,982	마나 : 7,383	
힘 : 274	민첩 : 216	체력 : 61
지혜 : 125	지력 : 97	예술 : 3,141
인내력 : 54	맷집 : 79	
통솔력 : 41	행운 : 65	
공격력 : 819	방어력 : 198	
마법 저항 11%		

"이걸 기뻐해야 하나 말아야 하나."

위드는 퀘스트를 진행하면서도 걱정이 되었다.

'레벨 110이 높아 보이다니.'

그동안 노들레의 몸으로 워낙 고생을 해 놔서 110도 적지 않은 수치로 느껴졌다.

'게다가 벌써부터 이 정도인데 22년이란 긴 세월 동안 캐릭터를 성장시킨다면 대체 레벨이 어느 정도까지나 높아질 수 있는 거지?'

정말 아득하게 까마득한 전설적인 경지까지도 넘볼 수 있으리라.

검술의 마스터는 기본이고, 활을 자주 쏜다면 궁술도 마스터하기에 충분했다. 아마도 맷집과 인내력, 기타 여러 스탯들도 뛰어나게 높게 달성할 수 있을 것이다.

그런데 이것조차도 다음의 퀘스트를 위한 밑거름이 될 가능성이 높았다.

'진짜 상상하기에도 끔찍하지만, 어디 골병들어서 누워 있는 드래곤이라도 1마리 잡으라고 할지 몰라.'

무언가 엄청난 일이 벌어질 것 같은 예감.

성장 과정에서 저질러 버린 작은 실수나 사소한 선택에 따라서 마지막에 얼마나 강해져 있는지의 차이가 어마어마하게 벌어질 수도 있다.

정보들을 모으고 최적화하는 것도 중요하지만, 강한 적들이 우글거리는 장소로 과감하게 뛰어들어서 적응하고 헤치워야 했다. 그래야만 추가적인 스탯을 많이 얻어서 나중에 레벨이 높아졌을 때 편해질 뿐만 아니라, 버티기만 하면 성장을 금방 하여 그곳에서 사냥을 할 수 있는 것이다.

"80일간의 죽음의 사냥이로군."

위드는 쉬는 시간도 줄이고, 완벽하게 계획을 짜서 이동은 최소화하기로 했다.

빠른 싹쓸이 사냥이야말로 타의 추종을 불허하는 전공 분야였다. 더군다나 각종 조각술의 비기 스킬들을 자유롭게 활용할 수 있었기 때문에 가능성은 무궁무진하다고 볼 수 있었다.

"이제 위드의 조각술 최후의 비기 퀘스트도 한참 진행되었군."

유병준은 모니터를 보면서 달콤한 코코아를 마셨다.

로열 로드가 열리고 나서 몇 년이란 시간이 흘렀다. 그동안 갓 시작한 이방인에 불과하던 유저들은 성장하여 대륙의 주인이 되어 가고 있었다.

유병준이 로열 로드에 바라던 것은 모든 사람들이 돈과 권력에 미쳐 돌아가는 것이었다.

유니콘 사에서 막대한 상금을 걸고, 그걸 얻기 위해서 사람들은 혈안이 되어 대륙을 정복하려 든다!

실제로는, 물론 그의 생각대로 이권을 탐하는 길드들이 조직되면서 약한 자들을 짓밟고 괴롭혔다. 하지만 로열 로드는 사람들에게 커다란 행복을 안겨다 주었다.

"우헤헷, 드디어 3개월간 찾아서 헤매던 부러진 칼날을 얻었다. 이제야 퀘스트를 완료할 수 있겠군!"

어느 한 모험가는 난이도 F급 의뢰, 다른 이들은 거들떠보지도 않던 퀘스트를 위하여 기꺼이 3개월을 썼다. 딱히 연계 퀘스트로 이어지는 것도 아니었지만 미래의 위드를 꿈꾸며 순수하게 모험을 즐겼기 때문이다.

"캬하, 시원하다! 역시 사냥 후의 물맛은 끝내준다니까."

"계곡으로 놀러나 갈까요?"

"그거 좋지. 리자드맨 계곡에 가서 고기나 구워 먹자."

"좋은 자리 잡으려면 빨리 가야 돼요. 점심 무렵부터는 사람이 가득 차니까요."

박해받는 초보들이지만, 그들은 로열 로드라는 세상에서 지내면서 재미를 느꼈다.

사냥도 모험도, 그리고 사람들과 어우러지면서 새로운 기쁨도 만끽할 수 있었다.

유병준은 죽고 죽이고 남의 걸 뺏으며 살아가길 바랐지만 그러지 않는 사람들이 훨씬 많았다.

자본주의와 기술이 발달할수록 사람들은 점점 혼자 있게 되고 외로워진다. 로열 로드는 사람들이 잊어버리고 살던 소소한 행복을 듬뿍 안겨다 주었다.

몬스터를 사냥했을 때나 퀘스트를 달성하였을 때의 커다란 성취감!

자신이 경험해 보지 못한 어두운 던전으로 불완전한 지도 하나만을 들고 동료들과 들어갈 때의 설렘과 공포.

접속만 하면 현실을 잠시 놓아두고 또 다른 인생을 살아갈 수 있는 것이다.

그렇기 때문에 명문 길드들의 행패에도 불구하고 신규 유저들이 끊임없이 베르사 대륙에서의 삶을 시작하고 있었다.

물론 신규 유저들의 절대 다수는 북부의 아르펜 왕국의 주민이 되었다. 위드가 가슴이 뛰게 하는 모험으로 그들에게 꿈과 희망, 도전 정신을 불러일으켰기 때문이다.

지금까지 벌어지고 있는 상황을 유병준만큼 정확하게 알고 있는 사람도 없으리라.

"위드의 모험은 더 험하고 어려워지는 정점을 향해 가고 있고 퀘스트를 성공할지 실패할지는 아마도……."

-모험에 대한 예측 알고리즘을 개선했습니다. 확률을 계산할까요?

"아니야!"

-확률을 계산하지 않겠습니다.

"어쨌든 위드와 바드레이는 극단적인 두 방향으로 갈라지게 되었군."

위드는 숱한 모험을 경험하며 조각술 최후의 비기를 얻느냐 마느냐의 사실상 마지막 단계에 다가서고 있다고 봐도 되었다.

과거의 일을 건드리게 되면 현재가 바뀐다.

위드의 모험은 실패한다면 오히려 하지 않는 것보다 훨씬 못하게 되리라. 현재의 베르사 대륙이 위드 때문에 심각한 도탄에 빠질 수도 있는 것이다.

"노들레의 일을 마치지 못하면 혼돈의 드래곤이 되살아나고 마족들이 대거 나타나서 대혼란에 빠지게 될 텐데… 그것도 흥미롭겠군."

퀘스트는 상상도 못 할 스케일로 커져 간다.

그리고 암흑시대의 창궐!

위드가 퀘스트를 실패하고 나서도 베르사 대륙에 이를 조금이나마 되돌릴 수 있는 기회가 주어지기는 한다. 하지만 이러한 기회들이 미리 알려져 있는 것도 아니고, 모험가들에 의해서 늦기 전에 찾아내고 완수해 내야 하지만 지금까지의 경우를 봤을 때 그럴 가능성은 거의 희박했다.

결국 모든 책임은 위드에게로 돌아가게 되리라.

여기까지 온 이상 성공하지 못한다면 지금까지 쌓아 왔던 모든 명성을 잃어버릴 수도 있었다.

그에 비해서 바드레이는 헤르메스 길드를 지배하며 가장 성공적인 길을 걸어왔다.

무신으로 손꼽힐 정도의 최강의 무력 그리고 전승 무패의 신화!

더구나 대륙 최강의 하벤 제국의 모든 것이 그의 것이었다.

가장 제대로 로열 로드를 걸어가고 있는 유저라고 할 수 있었다.

사람들의 바드레이에 대한 평가는 극과 극으로 나뉘지만, 어쨌거나 그의 탁월한 능력에 대해서는 두말할 여지가 없었다.

"바드레이야말로 정통적인 황제의 재목이라고 할 수 있겠군. 자기편을 압도하여 끌고 가는 카리스마와 정치적으로 노련한 수완, 정보를 모아서 실천에 옮기는 결단력, 길게 내다 보고 준비하는 여유, 그를 뒤에서 받쳐 주는 측근들까지."

 바드레이는 하벤 제국의 황제로서 대륙을 통일하기 위한 모든 과정들을 성공적으로 수행했고, 필요한 수단들도 가지고 있었다.

 "아무래도 상식적인 판단으로는 위드보다는 바드레이의 손을 더 들어 주고 싶어. 하긴 지금 위드와 바드레이를 맞비교하는 것도 말도 안 되는 것이긴 하지. 과연 대륙이 바드레이를 주인으로 택할지는, 이제 조금만 기다리면 알 수 있겠군."

 앞으로 얼마 지나지 않아 결과를 알게 되리라.

 바드레이가 중앙 대륙의 패권을 다지고 나서 명실상부한 베르사 대륙의 지배자에 오르려 한다면 유일한 걸림돌인 위드를 철저히 제거하지 않을 수 없을 테니까.

 유병준은 바드레이가 지금까지 대륙을 정복하기 위하여 해 온 노력을 인정했다.

 그에 반해 위드는 그야말로 극적인 모험을 통해 사람들을 열광시키는 재주 하나만으로 여기까지 왔다고 해도 과언이 아니다. 헤르메스 길드의 정복은 그에게 남은 시간이 얼마 없다는 점을 알려 주고 있었다.

 "바드레이가 대륙을 정복한다면 위드의 모험은 앞으로 영영 보지 못하게 될 수도 있겠군."

로암 길드, 사자성, 블랙소드 용병단, 클라우드 길드, 흑사자 길드의 대표들은 연합군의 마지막 비밀 모임을 가졌다.

"헤르메스 길드 놈들에게 전면적인 반격을 가할 시간이 다가오고 있습니다."

클라우드 길드의 샤우드가 회의를 주재했다.

"대반격의 개시일은요?"

사자성의 군트가 지도를 보며 물었다.

그들은 대륙의 지도를 넓은 책상 가득 펼쳐 놓고 있었다.

"바드레이가 이끄는 최정예 병력이 루비돔 산맥을 통과하는 날짜입니다. 산맥을 나와서 벤젠 평원에 이르면 블랙소드 용병단과 로암 길드 그리고 동맹 길드 쉰네 곳이 놈들을 정면으로 공격할 것입니다. 그리고 그 순간 전 대륙에서 헤르메스 길드의 사냥 작전이 시작됩니다."

"흐음, 이번 작전은 성공해야 하는데……. 병력 배치와 공격 계획은 틀림없겠지요?"

"세 번씩 확인한 사항입니다."

책상의 지도는 동부의 오크 랜드와 남부의 사막 지역은 제대로 표시되어 있지 않았지만 성과 도시, 도로 등이 잘 그려져 있었다. 중요한 관문의 곳곳에는 하벤 제국의 깃발들이 놓여, 현재 헤르메스 길드의 영역이 방대함을 알 수 있었다.

'이런 젠장!'

지도를 보던 블랙소드 용병단의 단장 미헬의 얼굴이 시뻘겋게 달아올랐다.

그라디안 왕국은 아주 약간의 땅을 제외하고는 전부 하벤 제국의 영역이 되었다. 바드레이가 직접 정예들을 끌고 왔기 때문에 끝내 막아 내지 못하고, 수도와 영토 대부분을 빼앗기고 노튼 왕국으로 피신했다.

원래의 계획에는 퇴각을 하며 소모전으로 시간을 끌려고 했지만, 예상을 뛰어넘는 신속한 대공세에는 어찌할 수가 없었다.

그렇지만 블랙소드 용병단은 노튼 왕국과 마센 왕국에서 남은 세력을 결집시켜서 그라디안 왕국을 되찾기 위한 전쟁 준비를 마쳤다.

다른 연합군이 도와주었으면 이렇게 쉽게 영토를 잃어버리지 않았을 거란 원망도 가졌지만, 사실 그들의 입장이더라도 원군을 보내 주진 않았으리라.

'그라디안 왕국을 되찾고 더 많이 얻는다.'

하벤 제국을 몰아내고 그들의 영토를 가로챌 욕심에 불타고 있었다.

연합군이 결성된 이유 중의 하나는 혼자의 힘으로는 무리이니 뭉쳐서 하벤 제국을 집어삼키기 위해서이기도 하다.

'우리로서는 마지막 기회야.'

흑사자 길드의 칼리스는 무조건 승리밖에 없다고 생각했다.

세력이 크게 줄어든 그들은 간신히 회합의 자리에 낄 수 있었다. 톨렌 왕국에서는 헤르메스 길드의 철저한 종노릇을 하는 베덴 길드를 물리치지 않으면 과거의 영광을 회복할 수 없다.

로암 길드를 대표하여 출석한 로암은 회의 중에도 무거운 침묵을 지키고 있었다.

'이번에는 승리를 거두어야 하는데. 계획은 괜찮군. 헤르메스 길드가 무너지게 되면 그 이후에는 어느 길드가 대륙을 주도하게 될까. 우리 로암 길드가 되어야겠지.'

베르사 대륙 최고 명문 길드들의 수장들을 비롯하여, 연합군에 속한 많은 길드의 대표들은 전쟁 준비의 마지막을 점검했다.

대반격의 날!

연합군에서는 사자 사냥의 날로 부르고 있었다.

바드레이는 하벤 제국의 최정예 병력 43만, 그리고 패잔병들과 포로를 모아서 104만의 대군을 구성했다. 거대한 병력이 노튼 왕국을 점령하기 위해 루비돔 산맥의 길을 뚫고 넘어오고 있었다.

"우리는 승리할 것이다!"

벤젠 평원에 있는 미헬은 큰 소리로 외쳤다.

"우와아아!"

병사들과 용병들이 다양한 무기를 들고 함성을 질렀다.

블랙소드 용병단에 총동원령이 내려지고, 프로암 연합 용병 길드에서도 지원을 나왔다.

상급 용병들만 3만!

데일 왕국과 노튼 왕국에 영향력이 있는 NPC 병사들은 22만 정도이다.

로암 길드와 연합 길드들의 합류로 160만이 넘는 어마어마한 대군이 평원에 먼저 진을 치고 기다리고 있었다. 연합군 소속의 각 길드들이 한자리에 모였기 때문이다.

"로암 길드."

"옛!"

"우리의 이번 목표는 헤르메스 길드다."

"문제없습니다."

"헤르메스 길드라고 해서 다를 것 없다. 매번 그랬듯이, 이번에도 우리는 이길 것이다."

로암 길드는 최정예로 구성되어 있었다.

헤르메스 길드가 물론 랭커들을 많이 보유하고 있기는 하지만, 로암 길드도 그에 버금가는 정도다.

게다가 로암 길드에서 자랑하는 기사단은 최고의 실력자들만이 모여서, 대륙 최강의 기사단으로 불렸다.

 로열 로드 최상위 랭커 20위 안에 드는 4인이 소속되어 있었고, 이를 지원해 주는 궁수, 마법사, 야수, 하늘의 드레이크 부대의 조합도 완벽하여 중간 규모 이하의 전투에서는 압도적인 전술과 파괴력을 발휘했다.

 그리고 비싸고 귀한 장비들을 아낌없이 착용한 로암의 NPC 군대 25만.

 로암 길드는 아직 헤르메스 길드와 싸워 본 적은 없었다. 하지만 연합군 소속 길드들까지 합쳐져서 최대의 병력과 최상의 전력을 구축하였으니 틀림없이 헤르메스 길드를 깨뜨릴 수 있다면서 사기가 높았다.

 "바드레이의 처리는 확실히 해야 한다."

 "음, 무신이라고 불리는 놈의 불패의 신화. 그걸 이번에 완벽히 깨뜨려야겠지."

 상위 랭커들일수록 바드레이에게 욕심을 냈다.

 전쟁에서 가장 큰 공을 세우고 명성을 얻기 위해 위드를 죽이고 싶어 했던 것과 마찬가지.

 무신 바드레이를 없애고 그의 장비를 갖고 싶었다.

 연합군은 헤르메스 길드가 벤젠 평원으로 나오지 않고 퇴각하는 것은 생각지도 않았다.

 루비돔 산맥의 뒤쪽으로는 그라디안 왕국에 잠복해 있던

클라우드 길드와 흑사자 길드가 군소 연합군 동맹 길드들을 이끌고 나타나서 막고 있다.

험한 산맥을 오고 가다 보면 군대의 피로도는 막심하기 마련!

그들은 뒤돌아서 물러서다가 앞뒤로 포위 공격을 당하게 될 테니 차라리 벤젠 평원으로 나와서 싸우는 방법을 택하는 수밖에 없으리라.

물론 헤르메스 길드가 예상대로 진격을 해 온다고 하더라도 그들이 열어 놓은 길을 따라서 클라우드 길드와 흑사자 길드, 수십 개의 연합군 길드도 쫓아오게 된다.

헤르메스 길드, 그리고 하벤 제국을 처치하기 위하여 한 전장에 4개의 명문 길드와, 그들을 따르는 100여 개의 연합군 길드가 모인 것이다.

이처럼 완벽한 포위망을 구성하기 위하여 연합군에서는 병력 이동을 숨기느라 많은 노력을 기울였다.

그동안 하벤 제국의 신속한 공격에 방대한 영토를 잃어버리기는 했지만 바드레이를 사망에 이르게 하고 중앙군을 깨뜨린다면 충분한 이득이다.

바드레이는 하벤 제국의 황제!

그의 죽음을 시작으로 거대한 하벤 제국이 붕괴로 이어지게 되는 것이 아니겠는가.

한 번의 패배가 씻을 수 없는 타격을 준다.

연합군의 공세가 전 대륙에 걸쳐서 일어나게 되면 그만큼 방대한 영토를 가진 하벤 제국은 감당할 수가 없을 것이기 때문이다.

"후후후, 놈들은 독 안에 든 쥐라고 할 수 있을 거야."

"이번의 기회를 놓치면 언제 다시 잡을 수 있을지 모른다. 최소한 바드레이만큼은 놓쳐서는 안 돼."

"벌써 믿을 만한 유저들로 추격조까지 편성이 끝났다더군."

 루비돔 산맥의 바드레이는 평원에서의 상황에 대해 보고를 받았다.

"정말 많이도 모였군."

 패전을 거듭하던 블랙소드 용병단이 여력을 쥐어짜 내서 많은 병력을 모았다.

 그들은 헤르메스 길드가 제대로 뒤통수를 맞았다고 생각할 테지만, 루비돔 산맥이야말로 적들을 끌어들이기 위한 함정이었다.

"이번에 이긴다면 블랙소드 용병단은 다시는 일어나지 못하겠지. 노튼 왕국은 쉽게 점령할 수 있겠군. 수라임."

"예!"

"행군으로 지친 병사들에게 휴식을 줘라. 저들은 우리가 나타날 때까지 기다려 줄 테니 넉넉하게 쉴 수 있게 해도 될 것이다."

"알겠습니다."

하벤 제국의 군대는 이동을 멈추고 휴식을 취했다.

연합군이 보기에는 갑작스러운 포위에 당황한 것으로 비칠 것이다.

"기사단은?"

"계속 이동해 오고 있습니다."

루비돔 산맥의 깊은 곳, 나무들로 입구가 가려진 동굴에서는 대륙 각지에 원정군으로 흩어져 있던 하벤 제국의 기사단이 속속 도착하고 있었다.

라페이는 마법병단과 레인저 부대를 이곳으로 파견하여 동굴 안에 이동 마법진을 설치해 놓았다.

대도시와 주요 성에나 있는 텔레포트 게이트는 설치하는 데 오래 걸리고 가격도 어마어마했지만, 전쟁의 승리를 위하여 준비를 미리 해 두었던 것이다.

"페르세크 기사단 도착 완료."

"벨라믹 기사단도 지금 들어오고 있습니다."

"고르 쟈벨린 기사단은 위장까지 마치고 이동 준비 중입니다."

"테페른 기사단 집결 끝."

하벤 제국에서 자랑하는 24개의 정식 기사단이 모두 루비

돔 산맥으로 집결하는 중이었다.

"오랜만이군."

"캇챠 전투 이후 처음인가?"

"오늘 승리하고 나서 술이나 한잔하자고."

기사단에 속해 있는 유저들의 입가에는 미소가 감돌았다.

헤르메스 길드에 속한 이후로 그들은 나가는 전쟁마다 승리를 거두었다. 그 어떤 전쟁도 사투 끝에 이겨 냈으니 길드원으로서의 자긍심이 남다를 수밖에 없었다.

"쩝쩝, 우리는 완전히 찬밥이군."

"어쩔 수 없죠. 단 한 번씩이지만 패배한 대가니까. 헤르메스 길드가 유별난 면이 있기도 하니까요."

폴론과 렌슬럿.

위드에게 패배를 경험한 지휘관들도 각자의 기사단을 데리고 루비돔 산맥에 왔다.

과거에는 그들에게 아부를 하려고 몰려오는 길드원들이 많았지만, 이제는 알은척도 하지 않는다. 철저히 강자를 존중하는 헤르메스 길드의 분위기상, 위드에게 패배를 하고 돌아왔으니 길드의 수치로 여기는 것이다.

폴론은 혀를 끌끌 찼다.

'이놈의 길드는 다 좋은데 정이 가지 않아.'

정복 전쟁을 벌이는 헤르메스 길드에서는 내부 경쟁도 치열하게 펼쳐진다. 방대한 땅과 인구를 얻게 되니 그곳을 다스리는 영주가 되기 위하여 경쟁을 하지 않을 수 없는 것이다.

 헤르메스 길드원들은 그들이 대륙을 정복하리라 믿어 의심치 않고 있었기에 그 후를 위하여 노른자위 땅들은 서로 자신의 것으로 챙기려 들었다.

 사실상 이미 대륙 정복이 눈앞에 보이고 있는 상황이기도 하다.

 '훨씬 우세한 전력으로 싸워서 이기지 못한다면 바보지.'

 폴론은 전쟁을 쉽게 여겼다.

 헤르메스 길드에 있다 보면 적들이 뻔한 병력과 전술로 덤벼드는 것이 너무도 시시하게 느껴진다.

 그러면서 군대 지휘관으로서 전공도 남부럽지 않게 세웠다.

 진짜 어려웠던 전쟁은 위드와 싸웠을 때뿐!

 죽여도 죽여도 끝없이 달려드는 언데드의 물결 그리고 위드의 지휘!

 폴론은 위드의 무서운 면을 언뜻 보았다.

 '우리 병력이 어떻게 편성되어 있는지 정확히 알고 있었어. 그리고 허점을 집요하게 노린다.'

 적을 간파하는 능력과 지휘력 자체가 다르다.

 폴론이 그렇게 느낀 적은 처음이었다.

 병력이 운용되는 순간마다 허점을 노리고, 부대의 연결 고리를 잘라 버린다. 그 과정이 너무 자연스럽게 이루어져서,

싸우면서는 대체 왜 이렇게 아군에 피해가 많이 생기는지 당황하게 된다.

그리고 군대를 더하고 빼는 것이 너무 빠르다. 상대를 파악한 상태에서 빠르게 휘몰아치기 때문에 위드의 흐름에 빨려 들 수밖에 없게 되는 구조다.

막상 당할 때는 분통이 터지지만, 그 이후에 패배 이유를 분석하고 나면 완벽하게 깨졌다는 생각에 오히려 후련해진다.

렌슬릿은 아직도 이를 갈고 있었다.

소문난 전술가인 그가 북부로 가서 숫자에 밀려 비참하게 패배하고 말았다. 제대로 싸움도 못하고 전멸을 당한 꼴이니, 위드를 다시 만날 날만 기다리고 있었다.

"다음에는 철저히 이겨 주지. 진짜 전투를 해서 승리를 할 것이다."

폴론은 그런 말을 들으면서도 아무 말 하지 않았다.

정말 위드가 정식으로 아르펜 왕국의 군대와 북부의 유저들을 지휘하였다면 북부 원정군은 아무것도 하지 못하고 패했을 수도 있기에.

폴론과 렌슬릿은 휘하의 부대가 다 도착하자 각자의 진영으로 흩어졌다.

루비돔 산맥에 도착한 하벤 제국의 기사들은 말을 마차에 연결하여 보급 부대로 위장했다.

피로를 줄이기 위해 선두에 서지는 않고, 보병들이 나무를 베고 길을 뚫어 놓으면 뒤를 따라오기로 했다.

"레인저들은 습격을 위해 지정된 위치에 배치 중."

"마법사들은 함정들을 점검하라!"

하벤 제국의 점령군 중에서 기사단과 마법병단 거의 대부분이 미리 설치해 놓은 텔레포트 게이트를 통하여 속속 도착했다.

하벤 제국의 최정예 부대가 모두 이곳에 있는 셈이다.

"이제 벤젠 평원의 얼빠진 놈들을 격파하기 위하여 진군한다. 놈들에게 깜짝 놀랄 만한 절망감을 안겨 주자."

병사들이 충분한 휴식을 취하자 벤젠 평원으로의 행군을 개시했다.

라페이와 수뇌부는 잔인하고도 충격적인 전술을 세웠다.

루비돔 산맥은 적들을 끌어들이기 위한 완벽한 함정이었다.

바드레이와 노튼 왕국 점령군의 전력을 크게 확충하여 벤젠 평원의 적을 단숨에 격파한다. 또한 뒤를 따라오는 흑사자 길드와 클라우드 길드는 산맥의 제왕이라고 할 수 있는 레인저들이 피해를 주며 지연시킨다.

벤젠 평원을 마무리한 후에는 루비돔 산맥으로 회군하거나, 뒤늦게 도착하는 적들을 몰살시킨다.

대륙의 거대 명문 길드들이 포위를 하고 있었지만 루비돔 산맥이란 막대한 지형적인 변수를 이용하여 각개격파를 한

다는 작전.

라페이와 수뇌부에서는 이번 계획을 사자 사냥이라고 부른 적들에 맞춰 역으로 사자의 이빨이라고 불렀다.

블랙소드 용병단과 로암 길드 그리고 연합군에서는 갈수록 회심의 미소를 지었다.

"놈들이 퇴각하지 않고 그대로 벤젠 평원으로 몰려오다니……."

"헤르메스 길드의 거만함인가, 아니면 퇴각하더라도 결국은 가로막혀서 빠져나갈 수 없다는 점을 알아차렸기 때문일까? 하기야 어쨌든 뼈저린 패배를 맛볼 때도 되었지. 어찌 되었든 좋아. 오늘이야말로 하벤 제국에 돌이킬 수 없는 큰 패배를 안겨 줄 바로 그날이다."

"전투대형으로 집결하라!"

연합군에서는 예상에서 벗어나지 않는 하벤 제국의 움직임을 보며 승리를 자신하고 있었다.

벤젠 평원에서의 대혈전이 끝나면 하벤 제국은 패망의 길로 들어서게 될 것이라고 확신했다.

넓은 제국일수록 뜯어먹을 것이 많지 않겠는가.

연합군 소속 길드들은 미리 배정되어 있는 위치에 섰다.

길드의 대표들끼리 회의를 통하여 결정한 공격 계획은 북부 대륙의 풀죽신교를 참고했다. 다만 약간의 차이점이 있다고 하면, 훨씬 우월한 병력의 규모와 상위권 랭커들이 파상 공세를 펼치는 것이었다.

"놈들이 나타났다!"

"아직 대기!"

"멈춰라. 적들에게 덤벼들지 말고 대기하라!"

연합군은 하벤 제국의 병력이 벤젠 평원에 완전히 들어오기를 기다렸다.

진영이 갖춰지기 전에 공격을 하면 유리하지만 일부러 서둘러 싸울 필요는 없다. 흑사자 길드와 클라우드 길드가 나타날 테니 시간은 그들의 편이라고 여기고, 진영을 형성한 채로 지켜보고 있었다.

전쟁을 시작하기에 앞서 미헬과 로암은 큰 소리로 연설을 하며 사기를 북돋았다.

"오늘이다! 바로 오늘이 하벤 제국의 몰락일이다!"

"로암 길드! 우리가 이제 대륙에서 가장 강한 길드가 된다!"

헤르메스 길드를 파멸시킨다는 흥분을 참아 내기가 어려웠다.

이윽고 한참의 시간이 흐른 후에야 하벤 제국의 병력이 평원으로 다 들어섰다.

양측 모두 워낙 많은 군대가 싸우기에 넓고 평탄한 벤젠

평원이 아니고서는 승부를 보기가 어려웠다.

하지만 평원의 특성상 전투 중에 퇴각을 하는 쪽은 괴멸적인 피해를 입을 수밖에 없으리라.

"가라!"

"모두 쓸어버려라!"

뿌우우우우웅!

연합군의 진영에서 뿔피리가 울리며 진군이 시작되었다.

기사들과 병사들이 움직이며 돌진을 개시하였다.

각 길드와 성, 왕국을 상징하는 깃발들이 파도치듯이 일제히 이동하는 장대한 광경!

그리고 하벤 제국군과의 거리가 가까워졌다.

"놈들에게 죽음을 내려라!"

"예!"

바드레이의 명령에 따라 하벤 제국의 마법병단이 준비하고 있던 각종 마법을 시전했다.

"화염의 발걸음."

"뒤집히는 대지!"

"집단 사격!"

"화염 회오리."

"연쇄 폭발!"

연합군이 지나가던 땅과 하늘에 온갖 마법들이 작렬하고, 화살의 비가 쏟아졌다.

너무나도 어마어마한 파괴와 폭발의 현장!

상상을 초월하는 빛과 소음은 후속 병력으로 하여금 덤벼드는 걸 멈추게 할 정도였다.

연합군의 선두가 처참한 피해를 입으며 무너졌다. 먼지가 걷히고 나니 앞장섰던 고레벨 유저들은 이미 흔적도 없이 사라진 후였다.

뒤를 이어 달려들던 연합군은 멈춰서 신음했다.

"이럴 수가… 어떻게 이런 마법 공격을 할 수 있는 거지?"

"헤르메스 길드의 마법병단이 아무리 대단하더라도 이런 파괴력은 불가능해. 말도 안 돼!"

연합군이 주저하고 있을 때 하벤 제국의 24개 기사단이 돌격을 개시했다.

과거의 영웅

위드는 빠른 성장을 위하여 조각술을 적극 활용하기로 했다.

"이젠 퀘스트를 성공하지 못하면 본전도 못 찾는 거야. 조각 파괴술! 이 모든 것들이 지식이 되어라."

처음부터 조각품을 부숴서 사냥에 활용했다.

지식을 올려서 마나의 최대치를 증가시킨 후에 스킬을 마구 썼다.

"광휘의 검술! 뜨거운 불!"

원래 위드는 마법을 활용하지 못하였지만 노들레의 몸 상태를 이어받으면서 직업이 사라지게 되었다. 그리하여 오아시스의 도시 라호스에서 '사막 전사'로 전직을 했다.

이제부터는 불 계열 마법을 쓸 수가 있어서, 불의 정령들도 얼마든 부려 먹었다.

태양 아래에서는 훨씬 강해지는 특성도 부여되었다.

"이동을 하면서도 시간이 너무 많이 소모돼. 밥 먹을 시간도 없는데 걸으면서 시간을 다 써 버릴 수는 없지."

노들레의 성장 퀘스트 사흘째.

도시와 가까운 주변에서는 마땅한 사냥감을 찾지 못하는 경우 조금 멀리까지 이동해야 한다. 사막에서 걷는 데 보내는 금쪽같은 시간을 아끼기 위해, 서윤은 용병 길드에서 일한 돈을 모아 낙타 1마리를 사 주었다.

그녀도 이곳의 시간상으로 1년 가까이 근무한 것으로 되어서 수입이 꽤 되었던 것이다.

"그래도 너무 느려. 확실히 빠르고 지치지도 않는 녀석이 필요해."

물과 모래를 뭉쳐서 사막을 뛰어다닐 수 있는 낙타를 조각하고 조각술의 비기를 사용.

"조각품에 생명 부여!"

모래가 살이 되고 피부로 변하더니 생명을 탄생시켰다.

"메헤헤헹!"

"네 이름은 쌍봉이라고 하자."

낙타의 이름은 쌍봉!

무려 4미터가 넘는 크기!

사막에서 빨리 달릴 수 있도록 다리는 길게 했고, 모래에 푹푹 빠지지 않도록 둘로 갈라진 발굽에 발바닥은 넓고 평평하게 했다.

영양분을 저장할 수 있는 혹도 2개나 있는 쌍봉낙타!

레벨이 483이나 되는 낙타로, 무려 열흘을 먹거나 잠들지 않고도 버틸 수 있는 특성을 가졌다.

생명을 부여한 조각품은 낙타뿐만이 아니었다.

"전투 중에 나를 호위하고 함께 강해질 녀석들이 있어야 할 거야. 어차피 나중에 생명을 부여하느니 지금 해치워야지."

퀘스트에서 주어진 22년이란 긴 시간 동안 사냥을 해야 하니 기왕이면 초반에 생명을 부여하는 편이 낫다. 그때그때 필요에 따라 도시에서 동료를 구하는 방법은 귀중한 시간을 낭비할 수 있고, 다음번에는 만나지 못할 수도 있기 때문이다.

그리하여 위드는 같이 사냥을 할 10명의 사막 병사들을 탄생시켰다.

전일, 전이, 전삼, 전사…로 이어지는, 짓기 귀찮다는 감정이 고스란히 묻어 있는 이름.

"내 생명은 당신의 것. 심장도 꺼내 줄 수 있다."

영원한 복종의 특성은 사막 전사들도 비슷했다.

"그래, 너희는 나와 오래도록 함께하자. 그리고 도시에서 그때그때 구하지 못할 테니 사제도 둘 정도는 필요하겠지."

사제는 둘 다 남자로, 알베른과 알베런을 탄생시켰다.

따져 볼 것도 없이 알베론의 짝퉁들!

"신의 축복을 받고 있는 분이여, 저희에게 생명을 주어서 감사합니다."

"축복은 무슨. 돈복이나 타고났으면 좋았을 텐데."

포르투 왕성에서의 경험처럼 조각 생명체들을 잃어버리는 상황은 결코 만들지 않으리라 결심하며 던전을 돌며 사냥했다.

"주인님을 보호하라."

"주인님이 싸울 몬스터들을 끌고 와."

생명을 부여한 사막 전사들은 위드를 지켜 주고, 그가 사냥을 하기 좋도록 도와주었다.

던전을 한차례 돌고 나면, 사막 전사들은 크게 변하는 것이 없었지만 위드는 부쩍부쩍 성장했다.

퀘스트 시작 17일 만에 레벨도 440을 돌파!

조각술의 비기들을 쓸 수 있었고, 온전히 사냥에만 집중하며 부하들을 부려 먹고 있기에 무시무시한 성장이었다.

위드는 전투를 할 때마다 확실한 강함을 온몸으로 느꼈다.

불의 마법을 거침없이 발휘하며 적들을 도륙하는 전율적인 능력!

조각 생명체인 사막 병사들은 위드와 함께 호흡을 맞추어서 던전을 휩쓸었다.

"이게 다 진짜가 아니라니……."

조각 생명체들을 포함하여 노들레의 퀘스트가 끝나면 사라져 버릴 몸이라는 점이 아쉬울 뿐!

새로운 던전에 들어가면 2배의 경험치 효과를 얻게 되지만 아직까진 무리하게 욕심을 내지 않았다.

'스킬 숙련도를 먼저 올려야 해. 스탯들도 더 올리지 못하면 앞으로는 정말 고생을 하게 되겠지. 레벨만 높아져서 무리하게 위험한 던전에 갈 수는 없어.'

사냥하는 몬스터들의 수준이 올라서, 사막 전사들과 사제들도 함께 맞추어서 성장을 해 갔다.

멀리 떨어진 던전을 억지로 찾으려고 하거나 입구를 발견하지 못하여 헤매기라도 하면 시간이 훌쩍 지나가 버린다. 레벨이 높아질수록 마땅한 사냥터를 찾기가 어려울 수도 있었기에, 도시에 있는 서윤의 조력이 결정적이었다.

"오오, 사막의 강인한 영혼이여! 라호스의 어려움을 해결해 주는 전사여!"

"불타는 사막의 전사를 뵙습니다."

사막 부족민을 만날 때의 대우도 극렬하게 바뀌었다.

위드와 사막 병사들이 지나갈 때에는 시미터를 쥐고 뒤통수를 노려보던 그들이었다.

사막의 율법은 강자존!

사막 부족들은 서로 빼앗고 죽인다.

사실상 도시 주변만 벗어나면 도적 떼가 따로 없는 것

이다.

 그렇기 때문에 사막 부족들을 없애더라도 악명도 별로 오르지 않는다.

 위드에게는 물론 그 점이 적지 않은 유혹이었지만, 그래도 사막 부족들을 공격하진 않았다.

 '저놈들은 다들 빠른 낙타를 타고 있어. 잡기가 힘들겠군.'

 자신은 쌍봉을 탔지만 부하들은 일반 낙타를 몰고 있다.

 사막 부족의 전사들과 싸워서 그들이 도망치기라도 한다면 모래의 바다를 추적하여 쫓아가기가 어려운 것이다.

 실상 사막 부족들은 가진 것도 없이 양 몇 마리와 낡아 빠진 검 한 자루가 대부분이라서 건질 것도 없었다.

 그러한 이유로 내버려 두었더니 어느새 사막 부족들에게 공평하게 존중을 받고 있었다.

 위드가 던전 사냥을 마칠 때마다 부르는 말도 자주 바뀌었다.

 "사막을 지피는 태양을 뵙습니다."

 "사막의 광활한 모래는 대왕의 것입니다."

 어느새 왕이나 대제로도 불렸다.

 슬슬 위드와 사막 병사들의 레벨이 500을 넘을 무렵이었다. 아직까지도 퀘스트의 날짜는 절반 정도밖에 지나지 않았다.

 22년이라는 긴 시간.

'과연 이 퀘스트의 끝이 어떻게 될까. 아냐, 이런 쓸데없는 생각을 할 시간도 없어. 어서 몬스터나 때려잡아야지.'

접속해 있는 대부분의 시간을 전투에 활용하면서, 사막에서 업적을 달성하고 있는 중이었다.

남부 공국 보르헤스에서 활동하는 유저.

마이어와 켄텐드레이타, 은루, 프레임!

그들은 중앙 대륙의 전쟁과는 상관없이 4명에서 오붓하게 파티 사냥을 하고 있었다.

"이번에는 어느 쪽으로 갈까?"

"조금 남쪽으로 가 볼래?"

"남쪽?"

"응. 이벨리아 던전에 가서 사냥하고 사막지대 인근의 도시에서 교역도 하면 되잖아."

"그럴까? 마법 책도 사야 하는데 잘됐다."

상인이 아니더라도 여행을 하게 되면 배낭에 교역품을 채워 다니며 파는 것 정도는 기본이었다.

크게 이득을 남길 수는 없더라도 시세 차익이 있다면 돈을 벌 수 있기 때문에 레벨 200대 이상의 유저들도 애용하는 방법이었다.

"가자!"

보르헤스에서 사막에서는 구하기 힘든 식료품들을 위주로 사서 남쪽 지역으로 내려갔다.

물고기가 많이 사는 얕은 강과 바람에 드러눕는 들판을 지나는 즐거운 여행!

공국에서 활동하며 얼굴을 익힌 다른 유저들도 끼어서, 250명 정도 되는 무리가 함께 남쪽으로 내려갔다. 사람이 많을수록 성가신 몬스터들이 덤벼들지 않기에 레벨이 낮은 유저들일수록 많이 뭉쳐서 다녔다.

"이게 뭐야, 우리 이상한 도시로 와 버렸는데?"

"중간에 길을 잘못 든 거 아냐?"

"아니야. 한두 번 온 것도 아니고… 맞아. 사막에 있는 첫 번째 도시 프로블렌. 표지판도 붙어 있잖아."

"내가 본 건물도 몇 개는 그대로 있어."

"말도 안 돼! 진짜 프로블렌이야. 여기가 언제 이렇게 커졌지?"

남쪽의 사막지대로 간 유저들은 너무나도 발전한 도시를 보고 할 말을 잃었다.

사막에서 흰 모래로 쌓은 건물들은 얼마 전까지만 해도 수백 채가 조촐하게 낙후된 채로 있었다. 모래바람에 금방이라도 사라질 것처럼 아주 위태로워서, 도시라고 부르기에도 어색하고 교역소도 작아서 상인들도 그냥 지나쳐 버리는 경우

도 잦았다.

하지만 지금은 사막의 특성을 따라 발전된 건물들만 수만 채에 이르는 대도시로 커졌다.

도시를 둘러싸고 해자와 두꺼운 성벽까지 설치되어 있었으며, 특히 인근 호수에서 물을 끌어오는 수로 시설은 감탄이 절로 나올 정도였다.

평소에 사막 도시를 오가던 상인들조차도 놀라게 만드는 대변화!

"나 이틀 전에 여기 왔었는데."

"정말? 그때도 이렇지 않았어?"

"전혀. 불과 이틀 사이에 무슨 마법이라도 부려진 건가?"

"우리 저기 들어가 봐도 되는 걸까?"

"가 봐야지. 원래는 그냥 통과하려고 했는데 이렇게 된 이상 안 가 볼 수가 없잖아."

호기심이 생긴 유저들은 조심스럽게 도시로 다가갔다.

사막 부족의 경비병들이 프로블렌을 지키고 있었다.

은루가 침을 꼴깍 삼키고 물었다.

"저기요, 여기가 프로블렌 맞아요?"

"맞다."

"며칠 전까지만 해도 작은 마을 아니었어요?"

"무슨 소리를 하는 것인지 모르겠군."

"사막이라서 물이 없어서 살기 힘든 곳이었잖아요."

"시끄럽다. 우리 도시에서 자랑하는 수로 시설을 보지 못했느냐?"

경비병들은 화를 내면서 상대도 해 주지 않았다. 하지만 도시 안으로 들어가는 것까지 막지는 않았다.

유저들은 도시 안으로 들어가자마자 환호성을 질렀다.

"우와! 도대체 이게 다 뭐야!"

"끝내준다!"

상점들에는 고운 비단과 철제, 상아, 보석류가 진열되어 있었다. 무기점에 진열된 시미터들 중에는 보통 찾기 힘든 레벨 400대가 착용하는 명품들까지 있었다.

게다가 도시 내에는 쉽게 고용하기 힘든 사막 전사의 용병 길드도 있었다.

사막 전사는 아주 강하고 잘 싸우며 고용 비용도 저렴하기에 용병으로 대단히 인기가 있었다. 그들을 고용하기 위해서는 사막의 큰 도시로 가야 했는데 프로블렘에 있다면 대환영이었다.

"자, 잠깐만. 용병들의 레벨이 왜 이렇게 높지?"

"얼마나 되는데?"

"젠크 390. 푸와타리 420."

"하루 고용 비용이 400골드가 넘어?"

"아니! 레벨이라니까."

"히익!"

상인들은 벌써부터 상점들이 밀집한 거리로 달려가서 가져온 물품들을 팔아 치웠다.

시세도 예전과는 많이 달라져 있었다.

"올리브? 우리 도시에서는 흔해 빠진 물건인데. 어쨌든 가져온 수고를 봐서 매입은 해 주지. 이건 자네에게만 알려 주는 비밀인데, 비싸게 팔고 싶다면 말린 과일이나 생선 절임 같은 걸 구해 와."

"생선 절임은 가격이 상당한데요?"

"요즘에 찾는 손님들이 꽤나 늘었는데 없어서 못 팔고 있어서 말이야. 먼저 구해 오는 사람에게는 가격을 후하게 쳐줄 수 있어."

과거에는 식료품이라면 무조건 괜찮은 값을 받을 수 있었다. 하지만 가난한 교역소에서 수량을 얼마 구매하지 않아서 곤란했는데, 지금은 프로블렌의 상업이 대단히 발달해서 몽땅 처분할 수 있었다.

도시의 인구가 늘어났고 물품 생산량이 대폭 증가했기 때문이다.

한 곳의 교역소에 진열해 놓은 물건들만 해도 백 가지가 넘었다.

"세상에나! 레몬 오일에 사향, 바질, 커민, 파슬리, 산초, 샐러리… 향신료와 향료 종류가 엄청 다양해."

"웬만해서는 구하기 힘든 사프란까지 있어!"

"뭐 찾고 있는 물건이라도 있나? 도시에 상인들이 별로 오지 않아서… 구하는 물건이 있다면 앞으로도 계속 거래를 하자는 의미로 싸게 팔아 주지."

"정말요?"

"그럼. 그리고 이 남쪽의 올드라스에는 가지 말게나."

"왜요?"

올드라스는 프로블렌만큼이나 낙후되어서 상인이나 모험가가 아니라면 거의 대부분의 사람들이 그 이름조차 제대로 알지 못하는 곳이었다.

"염료 산업이 발달해서 그곳 녀석들은 아주 부유한 편이지. 그래서인지, 우리를 자주 업신여긴단 말이야."

"헉!"

프로블렌뿐만 아니라 사막의 다른 도시들에도 엄청난 변화가 있었다는 것을 알 수 있었다.

이곳의 무기점과 교역소만 하더라도 보통 발전한 것이 아닌데 여기보다 더 부유한 도시라면 과연 어떻겠는가.

'대박이다!'

'완전 난리 났네. 이거 뭐부터 사서 팔아먹어야 되지?'

모험가들은 미개척지를, 전사들은 좋은 사냥터를 원한다. 상인들에게는 경쟁자가 별로 없는 대도시가 최고의 노다지였다.

상인들은 행복한 고민에 휩싸여서 특산품들을 구입하는

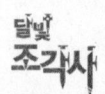

데 여념이 없었다.

북쪽으로 가져가기만 하더라도 교역량이 많지 않은 지금은 대단한 부를 쌓게 될 수밖에 없다.

"우리 이벨리아 던전으로 계속 갈까?"

"아니! 이 도시나 조금 더 돌아다녀 보자."

"나도 찬성! 지금은 사냥이 급한 게 아닐 거 같아."

마이어와 켄텐드레이타, 은루, 프레임은 던전 사냥을 하기로 약속했던 것도 제쳐 놓고 도시 안을 돌아다녔다.

못 보던 사람들에게 말을 걸어 보는 것도 퀘스트를 얻기 위해서는 정말 중요했다.

길거리에 앉아서 장식품을 팔고 있는 할머니에게 말을 걸어 보았다.

"프로블렌이 어떻게 이렇게 커졌냐고? 헐헐, 그렇게 유명한 사실을 몰랐는가. 그야 사막의 대제이신 위드 님 덕분이지."

"위, 위드 님요!"

은루와 프레임은 눈이 튀어나올 만큼 놀랐다.

아직 나이가 어린 그녀들이지만 누구 못지않은 위드의 광팬!

학교에서 위드의 모험 이야기만 나오면 친구들과 정신없이 수다를 떨었다.

하필이면 남부 지방에서 시작하여, 위드가 주로 활동하는 북부와는 너무도 먼 거리라는 점 때문에 지극한 허전함과 아쉬움을 달래야 했다. 언젠가 레벨이 좀 오르면 북부로 이사를 가는 꿈만 꾸고 있었다.

그런데 위드의 이야기를 사막 도시 프로블렌에서 듣게 되다니!

"쉬잇! 대제님의 이름을 함부로 불러서는 안 돼. 그런 불경한 죄를 저지른다면 그분을 숭상하는 용맹한 전사들이 용서치 않을 거야. 사막 전사들은 감히 그분의 동상의 그림자도 밟지 않는다는 걸 잊지 말아야 해."

"네, 네에."

"그분에 대해서 더 알고 싶어요!"

은루와 프레임은 위드의 열혈 팬답게 관심을 드러냈다.

"위드 님은 사막을 불태울 정도의 엄청난 힘을 가진 분이셨다고 하지. 그분은 이 사막에 믿을 수 없는 기적들을 많이 남기셨어. 황금 사막에 대해서는 들어 보았겠지?"

"아니요!"

"황금 사막의 정복이나 모래 구덩이의 평정, 신비 도시 메타페이아의 발견 등이 그분이 남기신 일들이지."

"헤에, 그렇게나 많이요?"

"그렇고말고!"

듣고 있던 마이어는 믿기지가 않았다.

가끔 존재한다는 것만 알려져 오던 사막의 전설들이 위드

에 의하여 단숨에 해결이 되었다니.

지난번에 왔을 때까지만 해도 아무런 이야기가 없었는데 갑자기 이게 무슨 일이란 말인가.

위드에 대해 마치 오래전 일인 것처럼 표현하는 할머니의 말투가 이상하다는 점도 느끼지 못할 정도였다.

"자네들은 모험에 관심이 많은가?"

"네!"

"그렇다면 이곳에서 체력이 좋은 낙타를 타고 열하루 정도 남동쪽으로 내려가 보게. 그러면 대협곡을 찾을 수 있을 거야. 위드 님이 우리 사막에 선물한 장소지. 정말 볼만하니 그곳에 꼭 가 보게나. 그리고 주변에 서성이는 놈이 있다면 내 아들 뱅상이가 아닌지 좀 물어봐. 이 녀석이 여자를 만난다고 그곳까지 가서 돌아오지를 않아."

상인 유저들은 그사이 상점 주인들과 많이 친해져 있었다.

상인들에게 도시의 배경이나 최신 유행을 알아내는 건 교역품의 종류를 결정하는 데 있어서 무엇보다 중요했다.

"위드 님께서 사막을 하나로 만드셨지."

"왕국을 세웠나요?"

"어떤 부족도 정복하지 않았지만 사막의 모래 폭풍을 부수는 그분의 위엄을 감히 거스를 수 있는 자들은 아무도 없었어."

"모래 폭풍을 부쉈다고요?"

"단칼이었다고 하지."

상인들이 사막으로 들어가기를 꺼리는 가장 큰 이유가 모래 폭풍이다. 작은 것도 수백 미터의 크기로, 휘말리게 되면 대책이 없었다.

얼마나 대단한 것인지를 알기에, 그 모래 폭풍을 부쉈다고 하니 도저히 이해가 가지 않았다.

바드레이도 그런 기적을 발휘한 적은 없다. 그렇다면 도대체 위드는 얼마나 강하다는 이야기인가.

'다른 사람이라면 몰라도 위드 님이라면 어쨌든 가능하지 않았을까?'

'소문이 잘못된 것만은 아닐 것 같다는 예감이 들어.'

교역소 주인은 다른 이야기도 해 주었다.

"이 부근에 있던 고르돌의 서식지? 위드 님이 박살을 냈지. 거인족의 산? 거기도 위드 님이 부하들을 끌고 가셔서 모두 쓸어버린 지가 오래야."

"예에?"

레벨 600대의 장소들까지 위드에 의하여 평정되었다고 하니 기가 막힐 수밖에 없었다.

그리고 골동품 상점 주인이 은밀하게 말했다.

"자네들, 상점에 있는 이런 흔한 물건들 말고 진짜 귀한 걸 보고 싶지 않나?"

"보고 싶습니다."

"최초로 방문한 외부의 상인들이니 물건을 구경시켜 주도록 하지. 눈 구경만이라도 하게. 값을 따질 수 없는 호화로운 보물이니 어차피 살 수는 없겠지만 말이야. 나를 따라오게."

상점에 있는 물건들만 하더라도 너무 비싸서 구입을 할 수 없을 지경인데 진짜 귀한 건 대체 어떤 것일지 꼭 보고 싶었다.

상점 주인은 그들을 건물 뒤쪽으로 안내했다.

사막 부족의 경비병들이 지키고 있는 별도의 방으로 가서, 진귀한 보석을 담아 두는 귀한 상자를 꺼냈다.

'이 분위기와 상자의 크기로 봐서는 어떤 엄청난 아이템이 나올지…… 으와, 긴장된다.'

'상자만 해도 수천 골드는 그냥 되겠는데. 100만 골드도 넘는 보석이 튀어나올 것 같다.'

'지금은 비싸서 살 수가 없겠지. 그래도 목표를 크게 잡고 차곡차곡 돈을 모아야지. 사서 중앙 대륙에 팔면 거래 한 번으로 대륙 전체에 이름을 떨칠 텐데.'

상점 주인은 그들 앞에서 목소리를 묵직하게 깔았다.

"이것을 볼 때에는 최대한 경건한 마음을 갖도록 하게. 우리 사막에 내려오는 가장 귀한 보물이라고 할 수 있으니."

"예!"

유저들이 지켜보는 앞에서 상점 주인은 상자를 천천히 열었다.

'어… 저건?'

너무도 익숙한 물건!

'토끼 조각품이잖아.'

위드가 세라보그 성에서 대량 제작을 해서 2실버씩 바가지를 씌워 팔았다는 토끼 조각품이었다.

얼마나 오랜 세월이 지난 것인지 변색까지 되어 있었지만, 경비를 서던 사막 전사들은 양쪽 무릎을 꿇으며 그 조각품에 최대의 존중을 바쳤다.

상인 유저들도 분위기를 따라서 무릎을 꿇었다.

위드의 사막 전사 부하들은 그 숫자가 무려 280명까지 늘어났다.

"이런 걸 의도했던 건 아니었는데. 상당히 귀찮아지는군."

부하들 전부가 조각 생명체들은 아니었다.

사막에서 용맹한 부족의 전사들이 맨발로 달려와서 머리를 조아렸던 것이다.

게다가 조각 생명체들이 결혼을 하여 가정을 갖고 아이들을 낳았다.

사막의 특성상 능력만 되면 열 여자를 거느리더라도 흠이 아니다. 그 아이들까지 성장을 하여, 열두 살부터 칼을 쥐는

법을 배웠다.

"고결하신 사막의 대제여! 아울 부족에서는 저만큼 강한 이가 없습니다. 저를 부하로 써 주시기를 부탁드립니다."

"절대적인 강함을 동경하며 이곳으로 왔습니다. 저를 거두어 주소서. 혹시 제가 부족하다면, 차라리 제 목을 베어 주소서!"

"사막의 태양을 따르는 것은 모든 사막 부족 전사들에게 더없는 영광일 것입니다. 저의 심장과 팔다리를 바치니 함께 싸울 수 있게 해 주시길 간청드립니다."

"아버지를 따라서 가장 위대한 분을 모시기 위해서 왔습니다. 제가 비록 어리긴 하지만 싸울 줄 압니다. 받아 주세요!"

위드와 조각 생명체 부하들이 업적을 세우며 사막에서 널리 알려져서 이젠 모르는 이가 없었다.

마치 한류 스타가 해외 공항에 갔을 때처럼, 그 지역의 사막 전사들이 맨발로 뛰어왔다.

"갈 곳이 제한되어 있는 사막에서 우리끼리 해먹기도 바쁜데 군식구들이 자꾸 달라붙는군."

위드는 일단 사막 부족의 전사들을 무리에 받아들였다.

사막에 대한 정보를 알고 있는 전사들이 많이 있어야 갈 곳을 정하기가 편해지기 때문이었다. 길잡이에서부터 심부름꾼까지, 써먹을 곳은 많다.

"저희 부족의 영역 근처에서 몬스터들이 날뛰고 있습니다."

"강한가?"

"네. 하지만 사막의 태양처럼 강렬한 힘을 가진 분께서 무리를 이끌고 가 주신다면 금방 해결될 것입니다. 저희 부족이 큰 곤란을 겪고 있으니 모쪼록……."

"됐다!"

위드는 성가시거나 별 이득이 없는 부탁은 일언지하에 거절하고 다른 전사들로부터 정보를 들었다.

"신비롭고 미지로 가득한 도시가 있습니다. 사막의 신기루처럼 생겨나는 곳입니다. 과거 투몰 부족이 그곳에 들렀다가 무기를 얻어 사막에서 그들이 다스리는 면적을 크게 넓혔습니다."

"무기라고?"

"전설적인 보물들이 잠들어 있다고 합니다. 하지만 그곳을 알아내기 위해서는 뭇타의 무덤을 들어가야 합니다."

"위험하고, 나오는 적들은 강력하기 짝이 없겠지?"

"예! 아주 두려운 곳입니다."

"그렇다면 가자!"

위드와 부하들의 무리는 바람처럼 거침없이 사막을 달렸다.

쌍봉낙타를 탄 위드와, 일반 낙타를 타고 그 뒤를 따르는 사막 전사들의 부대!

그리고 마침내 당도한 뭇타의 무덤에서는 속도와 효율을 최우선하여 나아갔다.

"싸워! 다친 자들은 스스로를 돌보고, 걸을 수 있는 자들은 계속 전진하라."

낙오되는 사막 전사들이 있더라도 위드의 카리스마로 몰아붙이는 초고속 사냥!

신비의 도시 메타페이아를 발견하고 그곳의 몬스터들, 전설의 요괴 일족을 처치하며 레벨을 올렸다.

퀘스트 시작 57일 만에 레벨 640 달성!

손짓만 하면 사막 부족의 전사들이 구름처럼 모여들었기 때문에 위드는 그들을 굳이 아끼지 않았다.

사실 이제 마나가 넉넉해져서 철일과 철오를 조각 소환술로 불러올 수도 있었지만, 더 이상은 그들이 필요하지도 않았다. 오히려 직접 데리고 다닌 부하들보다도 약해서 쓸모가 없어졌기 때문이다.

"너희는 적이 몰려오거나 말거나 자리를 지키면서 끝까지 싸워라."

"영광입니다, 대왕!"

사막이 아닌 던전에서도 무서운 몬스터들을 많이 만났다.

퀘스트에서 최고의 성과를 달성하기 위해서는 세세하게 가릴 수가 없는 형편이기도 했다.

"대제, 지휘를 내려 주십시오."

"아주 강한 몬스터로군. 정면으로 덤벼라!"

사막 부족의 전사들을 아낌없이 희생양으로 내던지면서

위드는 조각 생명체들과 함께 우회해서 몬스터들의 배후를 노렸다.

생명을 부여한 12인 외에는 얼마든지 구할 수 있는 병력이었다. 내버려 두면 계속 모여들기만 하는데, 사막을 방랑하며 규모가 너무 커지면 그것도 거추장스럽지 않겠는가.

— 잔인함과 비열함을 겸비한 사막의 영웅.
— 짙은 피비린내를 몰고 다니는 대제.
— 어떠한 도전도 가능하게 만드는, 다만 목적을 위해서는 부하들의 목숨조차 아끼지 않는 잔혹함을 가진 대전사.

위드는 효율을 따지며 부하들을 무자비하게 다루었다.
카리스마와 투지가 쑥쑥 성장했다.
상당히 잔인한 방법이라 인심을 잃을 것 같지만, 사막에서는 전혀 그렇지 않았다.
강한 자의 명령을 따르는 것은 숭고한 의무!
생존이 힘든 사막에서는 가장 강한 자가 모든 것을 이끌어 가는 전통이 있기 때문에 무조건 승리만 거두면 더 열광하는 것이다.
명예 같은 것은 애초에 별 가치가 없었다.
띠링!

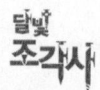

검술의 마스터가 되었습니다.
수많은 몬스터들을 베고 물리친 끝에 검에 대하여 완전히 이해했습니다.
지고한 검의 끝에 도달하여 이제는 더 이상 나아갈 곳이 없는 상태가 되었습니다.
검술의 기본 공격력이 500%로 강화됩니다.
검술 스킬을 언제라도 취소할 수 있으며, 마나도 회수됩니다.
공격 스킬의 범위가 확대됩니다.
공격 스킬을 쉽게 익힐 수 있고, 숙련도 역시 빨리 높아질 것입니다.
적의 공격을 검으로 막았을 때 피해를 입지 않습니다.
적의 검술 스킬을 자신의 것으로 할 수 있습니다.
모든 스탯 40 증가.
전투 퀘스트를 제한 없이 받을 수 있습니다.
무기의 잠재적인 능력을 끌어내어 원래의 공격력을 2배로 늘립니다.
검의 내구도가 거의 하락하지 않으며, 부서지는 일은 절대로 없을 것입니다.

호칭 '검술의 마스터'를 획득하셨습니다.
명성과 관계없이 왕을 만날 수 있습니다.
기사들과 전사들이 도전해 오게 될 것입니다.
투지와 카리스마의 효과를 증가시키며, 적보다 낮더라도 이에 영향을 받지 않습니다.

검술 마스터!
노들레의 퀘스트를 하면서 겪은 것이기는 하지만 어쨌거

나 베르사 대륙에서 최초였다.

"고급 9레벨부터 그렇게 숙련도가 오르지 않더니 결국 마스터가 되었군."

위드는 기쁨은 적고 아쉬움은 아주 많았다.

검술 마스터가 이렇게 좋은 것이면 뭐하겠는가. 정작 원래 자신의 검술은 고급 4레벨 후반에 머무르고 있는데.

그 후로는 방어술과 기마술도 마스터에 올랐다.

공격 스킬들 중에서 마스터에 오른 것들은 부지기수로 많았다.

불의 마법과 정령술도 고급의 경지에 올랐다.

사막에서는 불의 마법과 불의 정령술의 위력이 아주 크게 작용했다.

화돌이는 아직 태어나지 않은 시기이고 굳이 창조할 필요성도 느끼지 못해서, 불의 정령들은 샐러맨더처럼 기본적인 녀석들을 위주로 불렀다.

위드의 현재의 몸은 사막 전사로서, 조각 파괴술로 예술을 지식으로 몰아주지 않더라도 생명력과 마나가 높았기에 스킬을 마음껏 사용했다.

물론 당연히 예술 스탯은 필요에 따라서 힘이나 민첩으로 전환하여 활용했다.

"고맙습니다. 정말 멸족에 이르기 직전에 있던 우리 부족을 구해 주신 은인이십니다."

"사막에 새로운 태양이 떠올랐다는 말을 들었습니다. 사막의 태양이시여, 정말 감사합니다."

하루가 지날 때마다 100일씩의 시간이 흐른다.

위드가 사냥을 하고 지나가면 그곳에는 주민들이 더 많이 살아가게 되고, 물을 조달하기 위하여 구름 조각술을 수시로 펼치다 보니 시간상으로 몇 년이 지나면 오아시스와 호수, 강이 생겨서 살기 좋아진 지역에는 큰 도시도 생겼다.

그 때문에 게시판에는 사막과 남부 공국 유저들이 난리법석이었다.

-전쟁의 신 위드 님이 사막에서 활동하고 있는 것 같습니다.

-진짜 대박!

-위드 님의 이름을 딴 도시들이 마구 생겨나고 있어요.

-지형이 다 바뀌고 있음. 이유? 모름. 완전 천지개벽임. 위드 님 앞에 불가능이 뭐임?

-공국의 사람들도 위드 님에 대한 이야기를 아침부터 저녁까지 해요.

-도대체 어떤 마법을 발휘하기에 하루아침에 도시들이 막 세워지죠? 직접 보지 않았더라면 절대 못 믿었을 거 같습니다.

-제 친구는 모래언덕에서 자다가 일어났더니 도시 한복판이었다는 말을 했어요. 원래 믿을 수 없는 친구라서 거짓말인 줄 알았는데 진짜더라고요. 이번에 사연이 방송국에도 나왔어요.

-근데 조금 이상해요. 위드 님이 옛날 사람이라고 역사서에 기

록되어 있네요. 사막에서 가장 뛰어난 영웅이라고요.

 -저도 그래요. 사람들이랑 대화를 나누어 보면 위드 님이 수백 년 전의 과거에 엄청난 일들을 해낸 걸로 이야기를 해요.

 -풀죽, 풀죽, 풀죽!

 -풀죽, 풀죽, 풀죽, 풀죽!

 -풀죽, 풀죽, 풀죽, 풀죽, 풀죽!

 -…….

 -도배 금지요. 댓글에 풀죽만 무슨 1,000개가 넘네. 풀죽!

보통 때라면 위드는 자신의 행동이 어떤 결과를 초래하는지 확인을 하는 편이었다. 하지만 이번 퀘스트만큼은 푹 빠져 있는 동안 다른 짓을 할 정도로 여유가 있는 게 아니라서 몰랐다.

그저 오로지 강해지는 것만 생각하며 사막의 절대자가 되어 가고 있을 뿐이었다.

서윤은 안전한 도시 내에 머무르면서 붉은태양 용병 길드를 통해 활동했다.

그녀가 하는 일은 주로 상인이나 도시의 유지들이 의뢰를 가져오면 이를 받아들일지 말지를 결정하는 것이었다.

컨세라 사막의 흰털 영양 포획

흰털 영양이 컨세라 사막의 목초지에 자주 출몰한다는 소문이 있다. 로만이라는 이름의 상인은 흰털 영양을 붙잡아서 귀족에게 선물로 바치고 싶어 함.

난이도 : D

의뢰 보수 : 950골드.

우리에서 탈출한 너구리 찾기

너구리가 사육장의 우리에서 탈출했다.
멀리 가기 전에 붙잡아야 한다.
어려운 일은 아니지만 성공한다면 레스보아 귀족 가문의 신뢰를 약간이나마 얻을 수 있음.

난이도 : F

의뢰 보수 : 35골드.

말드 지역을 통과하는 상인 호위

말드 지역에 새로운 도적 떼가 출몰한다는 소문이 돌고 있다.
상인들은 붉은태양 용병단에 호위를 부탁했다. 이들을 무사히 도와주면 적지 않은 수고료를 얻을 수 있다.
하지만 도적 떼에 대한 아무런 정보가 없음.

난이도 : C

의뢰 보수 : 1,300골드.

우르간 지역 정찰
붉은태양 용병 길드에서는 주변 지역에 대한 정보를 계속 습득하기 위하여 정찰을 필요로 한다.
발 빠른 신입 용병들이 맡으면 적당한 일.
난이도 : F

제크 부족 약탈
사막의 제크 부족은 상인들을 습격하여 큰 부를 쌓았다. 용병들이 그들을 약탈하더라도 정의로운 일로 여겨져 비난을 받진 않을 것이다.
하지만 사막 부족들은 그러한 일이 있었다는 걸 잊지 않고 똑똑히 기억하리라.

서윤은 받아들일 의뢰들을 결정하고 용병들을 적당히 배정했다.

하루가 지날 때마다 100일씩의 시간이 흐르기 때문에 지나간 일에 대한 결과는 금방 나왔다. 어떤 용병들은 실패해서 죽기도 하고, 또 어떤 용병은 아주 큰 성공을 거두기도 했다.

매일 새로운 정보들을 확인하고 용병 길드를 운영하는 일이 서윤의 업무였다.

"이번 일도 훌륭하게 잘 해냈군."

"그대에게 맡긴 일은 뭐든 철저하게 잘 해결이 되어서 좋아."

"음. 뭐, 그럭저럭 흠잡을 곳이 없도록 처리해 주었군."

"허어! 어떻게 이렇게 완벽하게……! 놀랍군. 앞으로도 의뢰는 모두 붉은태양 길드를 통해서 하도록 하지."

서윤은 정보를 다루는 능력이 뛰어나서 사막의 일을 빠짐없이 이해했다. 아울러 용병들의 능력들도 상세히 파악해서, 쓸데없이 무모한 의뢰를 받아들이는 일은 최소한으로 했다.

그녀에게 점점 좋은 의뢰들이 들어왔고, 팔은 안으로 굽는다는 말처럼 위드와 조각 생명체 부대를 중심으로 의뢰들을 배정했다.

"어려울 것 같은데 가능하겠어요?"

"음, 이 정도면 정말 쉬워. 금방 끝낼 수 있겠는데. 그 주변에 다른 일감들은 없어?"

"코소마 강가 쪽의 불법 사금 채취단을 퇴치해 달라는 라호스 시장의 의뢰가 있어요."

"그거면 되겠군."

"규모가 상당히 크다고 해요."

"아냐. 놈들이 채취한 사금도 챙길 수 있는 이런 기회를 놓칠 수야 없지 않겠어?"

"……."

"다른 세상에서 노가다도 안 하고 이렇게 성장할 수 있다니."

위드와 그의 부대는 일을 맡으면 깔끔하게 성공시켰다.

서윤은 알선한 의뢰들의 성공으로 실력을 인정받으면서 사막 용병들을 다루는 권한이 계속 늘어 갔다.

"8년간이나 지켜봤지. 여자의 몸이지만 자네라면 믿을 만하군. 용병들도 자네에 대한 신뢰가 대단해. 앞으로 우리 붉은태양 길드를 이끌어 주게."

용병 길드 부책임자의 자리에도 올랐다.

그녀는 더 많은 사막 용병들을 부리면서 붉은태양 길드가 확장되도록 했다.

― 사막 도시 오잘렘에 붉은태양 길드 지부 개설.
― 사막 도시 부하레스에 붉은태양 길드 지부 개설.
― 오아시스 누코드에 붉은태양 길드 연락 사무소 개설.

서윤은 경영 능력을 발휘하여 용병 길드 지부를 개설하여 사막의 방대한 면적을 관리했다.

매일 100일씩 흐르는 시간 때문에 그녀가 세워 놓은 용병 길드는 금세 커졌다. 위드가 지나간 도시들이 3~4배씩 커지는 것도 예사로 볼 수 있었고, 이곳의 시간으로 12년 정도가 지나고 나니 라호스는 어마어마한 대도시가 되었다.

이젠 용병 길드에서 맡을 수 있는 의뢰의 양도 많아지고 보상도 늘었다.

또한 상인들의 안전한 교역으로 상업이 발달했다.

"르미실 지역의 치안이 조금 떨어지는 거 같은데. 용병들을 파견해야겠어. 위드 님이 다음에 방문하실 수 있도록 수페르진 용병 길드에도 전사들을 채워 놓아야지."

사막의 번영이 그녀의 손에 의하여 이루어지고 있었다.

퀘스트의 시간이 19년째 흘러갈 무렵, 위드와 조각 생명체 부대의 레벨은 기록적인 수준에 도달하였다.

무려 740을 돌파!

중요한 스킬들이 마스터에 오르면서 그때부터는 미리 점찍어 놓았던 던전들에 들어가서 2배의 경험치를 받은 덕분이었다.

위드는 얻을 게 있다면 미리 알아 둔 정보들을 빠뜨리지 않는 꼼꼼함을 발휘했다.

퀘스트의 시간이 지나며 생각도 계속 바뀌었다.

초창기.

'병들고 노쇠한 드래곤이라도 1마리 잡으라고 하면 어쩌지? 아, 불안해 죽겠네.'

드래곤이란 실로 절대적인 존재.

단단한 피부는 웬만한 보검이 아니고서야 흠집도 내기 어렵고, 마법 공격도 의미를 잃는다. 막대하기 짝이 없는 생명력으로, 혼자서는 며칠을 때려도 끄떡도 하지 않으리라.
 초중반기.
 '레벨이 잘 오르기는 하는군. 이동 거리를 최소화하는 게 정말 중요해. 퀘스트를 어떻게 하느냐에 따라 결과가 완전히 달라질 수가 있고, 하루라도 쓸모없이 보낸다면 정말 돌이킬 수 없는 결과로 연결되어 버릴 거야.'
 중반기.
 위드와 부하들이 사막을 휩쓸고 다닐 때였다.
 '사막의 대제라… 나를 부르는 이름으로는 괜찮군. 오랜만에 마법의 대륙 시절이 떠올라. 그때는 정말로 거침이 없었는데. 몬스터 무서운 줄 모르고 살아가던 때였지.'
 이제 슬슬 하반기.
 '드래곤 1마리 사냥을 해 봐? 어디 근처 가까운 곳에 아프고 혼자 사는 드래곤 1마리 없나?'
 드래곤을 상대로 하는 건 둘째 치고, 주변에는 수많은 몬스터 군단이 있기에 진지하게 실행에 옮기고 싶은 생각까지는 없었다.
 하지만 그만큼 사막에서 위드와 부하들의 세력은 절대적이었다.
 조각 생명체들도 막강해졌을 뿐만 아니라, 온갖 학대와 갈굼을 버텨 낸 사막 전사들도 강해졌다.
 "타쿤 동굴에서 살아 돌아왔습니다, 폐하!"

"로므스커테 호수를 어지럽히던 몬스터를 잡고 전리품으로 놈의 더듬이를 가져왔나이다. 전사들 785명이 가서 377명이 돌아왔습니다."

사막 전사들은 위드를 왕으로 불렀다.

실제로 영토와 주민들을 다스리는 것은 아니었지만 위드의 영향력이 사막 전체를 뒤덮고 있었기 때문이다.

사막 부족들은 인구가 늘어나며 세력이 크게 강성해졌고, 그들은 위드의 명령이 떨어진다면 기사들보다도 충직하게 목숨을 바쳐 따를 것이다.

물론 위드가 약해진다면 사막 전사들은 더 망설일 것도 없이 등을 돌려 버리리라. 하지만 강하기 때문에 두말할 필요 없이 인정하고 따른다.

더없이 순수하고, 그만큼 부려 먹기에는 좋았다.

매일 위드에게는 사막 부족의 최정예인 전사들이 충성을 맹세하러 왔고, 또 같이 사냥을 떠나거나 명령을 이행하다가 명예롭게 죽었다.

하지만 사막 전사들의 삶이 생각처럼 긍정적인 것만은 아니었다.

"이런 못난 놈들! 밥만 축내는 놈들이 많기도 하군. 헤스티거, 네놈이 아까 내가 죽이려던 몬스터를 가로챘지? 어서 앞장서라!"

"예, 영광입니다."

"어딜 쉬려고 하느냐. 일어나서 싸워라. 이것조차 이겨 내지 못한다면 내 부하가 될 자격도 없다."

"반드시 이겨 내겠습니다."

위드는 부하들의 희생에 대해서 잔혹했다.

마법의 대륙 시절의 독불장군 기질이 되살아난 그에게 부하들이란 그렇게 크게 의미 있는 존재가 아니었다.

조각 생명체들이야 투자 비용이 컸고 본전을 찾아야 하기 때문에 아꼈고 또 중요하게 써먹었지만, 알아서 찾아오는 사막 전사들이야 살아도 그만 죽어도 그만이다.

퀘스트를 진행하느라 시간을 쪼개서 써야 하는데, 감당할 수 없을 만큼 늘어나는 부하들을 계속 일일이 신경 써 줄 수는 없는 것이다.

그렇게 고통받으면서도 좋다고 따라다니는 사막 전사들이 1,000여 명이나 되었다.

TO BE CONTINUED

꿈의 도약, 로크에서 하십시오
(주)로크미디어에서 신인 작가를 모십니다

즐거운 세상, 로크미디어는 꿈을 사랑하고 도전을 두려워하지 않는 작가 분들의 참신한 작품을 기다리고 있습니다. 21세기 장르 문학계를 이끌어 갈 차세대 선두 주자 (주)로크미디어에서 여러분의 나래를 활짝 펴 보시길 바랍니다.

모집 분야   판타지와 무협을 포함한 장르 문학
모집 대상   아마추어 작가, 인터넷 작가
모집 기한   수시 모집
작품 접수 시 유의 사항
1. 파일명은 작가명_작품명.hwp형식을 갖춰 주십시오.
1. 파일에 들어갈 내용은 다음과 같습니다.
   - 성명(필명인 경우 실명을 밝혀 주세요), 연락처, 이메일 주소.
   - 제목, 기획 의도.
   - A4용지 1장 분량의 등장인물 소개.
   - A4용지 2장 분량의 전체 줄거리.
   - 본문.
1. 작품이 인터넷에 연재되고 있다면, 게시판명과 사이트의 구체적이고 정확한 주소를 기재해 주십시오.

선택된 작품은 정식 계약 후 출판물로 간행되어 전국 서점에 유통됩니다.
작가 분은 (주)로크미디어의 전폭적인 지원하에 전속 작가로 활동하시게 됩니다.
※ 자세한 내용은 로크미디어 홈페이지(rokmedia.com)를 참조하세요.

(140-133)서울시 용산구 원효로97길 46 5층
(주)로크미디어 편집부 신간 기획 담당자 앞
전화 : 02-3273-5135
www.rokmedia.com   이메일 : rokmedia@empal.com

One for all 원포올

일라잇 스포츠 장편소설

작렬하는 슛, 대지를 가르는 패스
한계를 모르는 도전이 시작된다!

축구 선수의 꿈을 품은 이강연
냉혹한 현실에 부딪혀 방황하던 중
운명과도 같은 소리가 귓가에 들어오는데……

당신의 재능을 발굴하겠습니다!
세계로 뻗어 나갈 최고의 축구 선수를 키우는
'One For All' 프로젝트에, 지금 바로 참가하세요!

단 한 번의 기회를 잡기 위해
피지컬 만렙, 넘치는 재능을 가진 경쟁자들과
최고의 자리를 두고 한판 승부를 벌인다!

실력만이 모든 것을 증명하는
거친 그라운드에서 당당히 살아남아라!

기갑천마

거짓이슬 퓨전 판타지 장편소설

종말을 막지 못한 절대자 복수의 기회를 얻다!

무림을 침략한 마수와의 운명을 건 쟁투
그 마지막 싸움에서 눈감은 무림의 천하제일인, 천휘
종말을 앞둔 중원이 아닌 새로운 세상에서 눈을 뜨는데……

"천휘든 단테든, 본좌는 본좌이니라."

이제는 백월신교의 마지막 교주가 아닌 평민 훈련병, 단테
그럼에도 오로지 마수의 숨통을 끊기 위해
절대자의 일 보를 다시금 내딛다!

에이스 기갑 파일럿 단테
마도 공학의 결정체, 나이트 프레임에 올라
마수들을 처단하고 세상을 구원하라!